デザートはあなた

森 瑤子

ハルキ文庫

角川春樹事務所

――バルセロナの今井田勲と我が共犯者大西俊介にささげる――

目次

COME《カ》 ON《モ》 TO《ンナ》
MY《マイ》 HOUSE《ハウス》

〈本日のメニュー〉

前菜＝帆立貝のシノワ風

レモン味のパスタ

イタリアン・サラダ

主菜＝牛の胃袋のポモドーロ風味煮込み

〈本日のゲスト〉

山口奈々子（セラピスト・29歳）

三枝和子（同時通訳のベテラン・年齢不詳）

宮脇三四郎（彫刻家）

まずは主人公の紹介から。私情を交えず事実関係のみ記述してみよう。

大西俊介《おおにししゆんすけ》、年は三十九歳。独身。世界最大の広告代理店のテレビ企画制作部に籍を置いている。ホモ・ルーデンス。趣味は手料理を作ることと、乗りものに関すること――ちなみに現在彼が所有しているのはイタリア製のオートバイ〝ドゥカティ４５０デスモ〟別名をシルバー・ショット・ガンといい一九七一年のモデル。車は三台。まず、ポルシェ９１１カレラ、二〇〇〇台限定のスピード・スター。しかもターボルックの89年製は更に少なく、その六割以下しか世に出回っていない。――それだけでは満足せず、９４４用にしか使わないサテン・メタリック・ブラックのボディ塗装を特注し、幌《ほろ》と内装はマホガニー色《カラー》と徹底的に凝って、世にポルシェは数多く出回れども、大西俊介と同じものは二台とないという自慢の代物である。

他《ほか》に四輪駆動のステーションワゴンとカエル顔の小型スポーツカーを所有している。詳しく説明すると、シボレーのS10《エステン》ブレーザーと、オースチン・ヒーレー・スプライトMKI、色はタータンレッドの一九六〇年もの。と、ざっとこんなところである。

当然のことながら、俊介が住まいを構えている高級住宅地のコンドミニアム同様、それらの愛車のかかりは、たとえ世界一といえども広告会社からもらう給料だけでは、いかんともなしがたい。そうなのである。彼はリッチマンなのだ。

正確には、彼の爺《じい》さまが偉かった。四百坪の畠《はたけ》を持っていたのである。サラリーマンの父親の代になって畠はつぶされ、雑草のおい繁る空地のまま放置してあったのを、家が古くなったのと、土地の急騰にともなう相続税対策にと、腰の重い父親を口説きつづけて、ようやく二年前、外国人専用のコンドミニアムに建て直したのである。両親はその一角に、俊介はメゾネットタイプにおさまってやれやれと思った矢先、父親が始めたばかりのゴルフ中に、雷に打たれてあっけなく死んでしまうという運命のめぐり合わせ。

六十歳にして未亡人となった俊介の母は、ずっと学校の教師をしていたが、それも無事勤め上げ定年退職をした後だった。元来が楽天的なのか、一人暮らしの気軽さ、その楽しさに青春を取り戻したかの感があり、旅行づいて家になど居つきもしない。

それはさておき、メゾネットタイプにおさまった俊介同様、雨ざらしの雑草地にカバーをかけられただけで耐え続けて来た愛車たちも、今はガレージに収納され、風雨とは無縁の環境。ドゥカティは十八歳の時から、オースチンは大学の二年の時から、ずっと俊介と一緒なのである。物もちが良いというのは、特筆すべき、彼の長所でもある。

もっとも彼に言わせれば、それは本物だからこそ、人を飽きさせないのだということになる。つまり、彼は十八歳にしてすでにドゥカティのシルバー・ショット・ガンに惚《ほ》れこむほどの美意識を持っていた、ということを暗に仄《ほの》めかしているわけだ。

車以外のものの所有となると、彼は極端に消極的である。その証拠に、家の内部は、みごとなまでに簡素。必要最低限度の家具の他には性能の良い音響装置と、なぜかカエルの彫刻や置物が数点あるだけだ。カエル顔のオースチンといい、彫刻といい、どうやら彼はカエルが好きらしい。

最高のもの、真に質の良いものを少しだけというのが、彼の身上ともいうべきもので、そのかわり、いったん厳選し手に入れたものに関しては、十年二十年と慈しみ大事につきあい続ける。

それは、人間関係についても全く同じことが言えるといってよい。現に彼には、四台の愛車と同様、甲乙つけがたく大切な人間が四人存在する。そのつきあいの長さについても、一番長いのは三十九年間になんなんとする盲目の愛の対象――元教師の母親。次は十六歳から無二の親友となった宮脇三四郎《みやわきさんしろう》。古い順の三番目は、日本における同時通訳の草分けであり現在もその第一人者として自他共に認める三枝和子《さえぐさかずこ》女史で、彼女とは俊介が十九歳の頃《ころ》からの仲である。知りあった時には、彼女はすでに現役のバリバリだったから、年上の女だ。

以来二十年、年上の女を演じ続けているのだから、彼女もアッパレだが、俊介も中々の器だといわねばならない。

最後が山口奈々子《やまぐちななこ》。公私とも恋人と認める仲がもう五年は続いている。職業はセラピスト。心に傷を受けた人や精神を病んでいる人の話を、一生懸命聞いてやるのが彼女の仕事だ。悩みを持つ人にとっては非常に心強い命綱のような存在であるはずなのだが、仕事から一歩でも離れると、およそ私利私欲、趣味のない性格で、俊介から言わせると、何かがぽっかりと決定的に欠落しているとしか思えないのだ。

方向音痴で、反対側のホームの電車に乗ってしまうなんて日常茶飯事、固有名詞もクライアント（患者のことをセラピーではそう言う）以外、覚えようともしないし、覚えられない。しかし、いったん覚えたら絶対に忘れないらしく、俊介の車は全てひとまとめに、〝セドリック〟と呼んで、彼を歯ぎしりさせる。なんでも子供の時に父親が持っていた車がセドリックだったらしいのだ。彼女にとってセドリックというのは、人を乗せて走るもの、つまりカーの代名詞なのである。

と、ここまで来ると、大西俊介なる人物の人間像が少し浮かび上がってはこないだろうか。女に関してはといえば、彼を取りまく三人の女たちは元学校の教師、同時通訳、セラピストと、いずれも「先生」と呼ばれる職種であり、男と互角か、へたをすれば、そこいら辺の男たちより、はるかに頭脳明晰といわねばならぬ。そうなのだ。大西俊介はインテリの女に弱いのだ。

さて前置きはこのくらいにして、俊介の家の東側に位置する本日の舞台ともいうべき厨《ちゆう》房《ぼう》――現代のスイを結集したキッチンをのぞいてみよう。

目下彼は今夜の大事な客たちのための、料理の下ごしらえに余念がないのである。文字通りの一心不乱。料理とは段取りそのものであり、時間との闘いである。新鮮なものはあくまでも素材の鮮度を失うことなく、冷たいものは冷たく、熱いものは熱く、タイミングよくテーブルに出さねばならぬ。

というわけで彼は今日金曜日の午後一時に会社を堂々と早びけし、近くの築地《つきじ》市場へ寄り、あらかじめ頼んでおいた素材を受け取って、三時には自宅のキッチンに立っているという次第。これぞ広告代理業では世界一の会社だから可能なのでもなければ、ましてやテレビ企画制作部が暇だというのでもない。あるいは会社を首になっても食べていく分には困りはしないのだからと、彼がタカをくくっているからでもない。大西俊介だからこそ可能なのである。

「俊介はどうした⁉」と上役が大声で訊《き》くとする。

「彼なら早びけして、女のために家で料理を作ってます」

と誰かが答える。

「あのバカが！」

それで終わりである。左遷もされなければ、ボーナスに響くわけでもない。大西俊介が俊介たる所以《ゆえん》である。

今、俊介は沸騰している湯の中に、新鮮な帆立貝を落として、一、二ーの、と数える。三秒で湯から上げると、今度は氷水の中で一気に冷やして身をひきしめてやる。そうしておいて、中華風のドレッシング作りにとりかかる。中国産の黒酢を使うのがコツだ。

その間、牛の胃袋の煮え具合を確かめる。刻んだ胃袋が、トマトの味を含んで、かなり柔らかくなっているが、まだまだだ。舌の上で、とろけるくらいにならないといけない。唐辛子の辛味も少し不足みたいだ。彼は、去年取材で行った時にトスカーナ地方のレストランで食べたあの味を舌に蘇《よみがえ》らせ、少しでもそれに近づけようと、神経を集中する。何しろ、牛の胃袋料理に挑戦するのは今回が初めてなのだ。

次に、サラダの材料を洗い、できるだけ手でちぎって水気を切って冷やしておく。生野菜に包丁の金気はタブーだ。イタリア式と銘打つからには生のバジルの葉とマーシュの葉を使わねばならない。共に青山《あおやま》のスーパーマーケット、紀ノ国屋《きのくにや》で買って来たものだ。

一通りの段取りがついたところで、俊介はそれまで我慢していたゴロワーズに火をつけ、深々とそれを肺に吸いこんだ。強い煙草《たばこ》の香りで舌を荒らしてしまうと、味の勘がにぶるからだ。そして彼は溜息《ためいき》をついた。牛の胃袋のトマト煮込みも初挑戦だが、奈々子と三枝和子も今夜が初顔合わせなのだ。どちらの女も彼にとっては大事な存在だ。できることなら仲良しになってもらいたい。そうすればこれからも時々ファミリー風に食卓が囲めるではないか。それが彼の夢であった。みんなで仲良く食べることが……。

三四郎は、止《や》めておけと言った。悪趣味だとも言った。どうしても決行するというのなら、俺は共犯者みたいなのはゴメンだからな。家で自分で作って食ってた方がずっとましだ、と言った。

自分で作るって、おまえが作れるのは炊飯器で炊く白いゴハンだけだろう、おかずはどうするんだと訊いてやった。肉コロッケを買って来ると三四郎が答えた。駅前のコロッケは肉の量がタップリで、おまけにキャベツの刻んだのが山のようについてくるのだそうだ。

そこで俊介は、今夜のメニューを並べたてた。帆立貝だぞ。隠し味にウォッカを使ったレモン風味のスパゲティーだぞ、それに牛の胃袋をとろけるまで煮込んだ奴《やつ》だぞ、トンガラシがピリッときいたトマトの酸味で、ホッペタが落ちるぞ。その熱々を、凍るほど冷やしたガビ・デ・ガビの白ワインで流しこむんだぞ。

イタリアの白ワインと内臓料理に眼《め》のない三四郎は、ガビの中のガビと聞いて、ついに気を変えたらしい。そういうことなら、と承諾した。昔から胃袋の誘惑には勝てないというが、今回は文字通り、胃袋料理を、胃袋に入れようという算段である。

日頃のお粗末きわまりない食生活に耐えている三四郎を落とすのは、実は赤子の腕をひねるよりも簡単なのである。

七時。アイスバケットの中では、二本のガビ・デ・ガビがキリキリに冷えている。前菜の帆立貝は、それぞれの小皿に、大葉を敷き、その上にひとつずつ置かれ、白髪ネギがふんわりとその上にかかっている。あとはシノワ風のドレッシングをほんの少しかけて、出せばいいだけになっている。牛の胃袋はとろける寸前だ。準備は完了。パスタだけが、残っている。これは食卓に客を待たせている間に、一気にゆで上げる。アルデンテを大事にするからだ。

三枝和子が一番乗り。いつもの通り、約束の時間の十分前に到着。仕事でつちかわれた正確さだ。二番目が三四郎で十五分の遅刻。すでに軽い酒気を帯びている。とても素面《しらふ》では、修羅場にのぞめないと、その眼が語っている。

「まだ誰か来るの？」

とテーブルに四人前のセットがしてあるのを見ながら、和子が訊いた。「さては女？」

「そう。二対二で、数あわせようと思ってさ」

白ワインの栓を抜きながら、俊介が答える。三四郎は視線を落とす。俊介は腕時計を眺めてキッチンに入り、大鍋《おおなべ》にスパゲティー用の湯を沸騰させる。

「こないだのおまえのテレビ、バルセロナのガウディの特集、よかったよ」

と三四郎が食堂から声をかけてよこす。

「あれネ、私も見たわよ。サグラダ・ファミリア」

湯が沸騰してきたので塩を軽く一握り――四本指を曲げて、のる程度――落としておいて、スパゲティーをほぐしながら入れる。

「あの教会、完成するのにあと二百年もかかるって、本当かね」

と、三四郎が続ける。

「本当だ。しかもガウディというのは、設計図を残していないんだ」

俊介がキッチンから答える。

「じゃどうやって仕上げていくのよ」とこれは和子の質問。

「今のところは、当時の職人や親方が、ガウディはこう言った、とか、ああ言ったとかで、やっている」

「その職人らが死んじまったらどうするの？」

和子が、グラスを片手にキッチンをのぞく。

「それで僕もあせってるんだよ」

と俊介。片眼でスパゲティーの加減を見ながら、片眼は、ソースパンのソースの具合を眺めている。

「何でテレビ企画制作のあなたが、バルセロナのガウディのやり残した仕事のことで、悩んだりするのよ。ところで何作ってるの？」

俊介はガウディの問題は一口では答えられないので、後の方の質問を優先する。

「スパゲティーに絡めるソースさ」

「ソースなのはわかるけど、何が入っているの？」

「生クリーム半カップ。隠し味にウォッカ」

「へえ、ウォッカとは変わってるわね。ソースでわたしを酔わせようって、魂胆なんだ。二十年間、全然変わらないのよね、あなた」

「変わらないのはキミの発想の貧しさの方だよ。違うよ、ウォッカはこうやって火にかけてアルコール分を飛ばしてしまう。残るのは仄かな香りとコク」

　ソースを火から降ろし、俊介はレモン半個分の絞り汁、そして半個分の皮をすりおろしたものを、手早くそれに混ぜこむ。レモン風味のソースが出来上がりだ。奈々子はまだだ。彼女のことだから、また何かドジをふんだのだ。一時間遅れなんてザラ。時には約束そのものを忘れて、ぜんぜん現れないことだってある。

「前菜にとりかかろうか」

　と俊介が三四郎に声をかける。帆立貝を食べ終わる頃に、スパゲティーがアルデンテにゆで上がる。あとはウォッカと生クリーム入りのソースであえるだけだ。三人はテーブルを囲んだ。

「いいのかね、待たなくて」と三四郎が気にする。和子はすでに一口、帆立貝を口に入れている。

「いいんだ。こっちが苛々《いらいら》して待ってたなんて素振りをみせると、一気に落ち込むんだよ。彼女、神経症なんだ」とおうように俊介。

「だって、奈々子さん、セラピストなんだろう？」

「神経症のセラピストって意外にいるらしいよ。同病相憐《あわ》れむで、自分もそうだと、人のことがよくわかるんだな」

「中々、いけるわよ、このドレッシング、何が入ってるの？」

和子はいまや食い気に専念している。

「ゴマ油と中国の黒酢。擂《す》ったしょうが少々。塩、こしょう」

「その黒酢ってのを、レモンに変えれば私でも作れるわね」

「それは女の発想による女の料理」

そう言って俊介はスパゲティーを上げるために、キッチンへ消える。そこへ電話。一番近い和子が取り上げる。

「え？　そう。どなた？……奈々子、さん？　俊介はスパゲティーと格闘中……？　かわりに伺うわ……え？　新横浜《しんよこはま》から新幹線で、逆に乗った？　今どこ？……名古屋《なごや》！　それじゃあなた、今夜はだめね？……残念だわ、お逢《あ》いするの楽しみにしてたのよ」

と和子は心なしか嬉々《きき》として喋《しゃべ》る。俊介がザルに上げたスパゲティーを手に、受話器を横取りする。

「もしもし、今からでも間に合うよ、デザートに。……ん？　デザートは何かって？　きまってるだろ、キミだよ」

「あきれたわ。人のこと想像力がないなんてよく言うわよ。まだ同じ殺し文句を使ってるんだから！」

和子はヴィヴィアン・リーのように片方の眉《まゆ》だけ高々と上げた。このところ、たとえ口先だけでも俊介がデザートに和子を所望することがとんとないことを思いだし、彼女はちょっと淋《さび》しい思いがしているのである。もっとも和子はただの一度も俊介のデザートになったことはない。だからこそ二人の仲は二十年も続いているのである。

「ほら、スパゲティーがのびちゃうわよ」

と彼女は陽気に言った。俊介を見る眼が戦友のそれに変わっている。女のきりかえの早さ、いさぎよさに、三四郎は内心舌を巻く思いで、ガビ・デ・ガビに手を伸ばした。

牛の胃袋のポモドーロ風味は、大西俊介が会社を早退して煮込んだだけのことはあって、上々の仕上がりだった。ゼラチン質のようになった歯ざわりを残して、なおかつ口の中でとろけるよう。

ともすればしつこくなりがちな素材の味を、トマトの酸味がきりりと引きしめ、唐辛子の辛さがそれに緊張感を与えたのだ。我れながら初挑戦にしては大成功。ごくひかえめにみてもトスカーナ地方のレストランで食べたあの時の感激に勝るとも劣らない。

と、料理評論家顔負けの評価を下したのは、当の俊介だけで、今夜の客ときたらひどいものである。三四郎は無粋《ぶすい》にも、

「オイ俊介よ、白い飯ねえのか」

ときたではないか。

そんなものどうするんだ、と訊くと、この煮込み、白い飯にかけて食べたら美味《うま》いに違いないと答えた。

「カレーみたいにか？　ナットーかけるみたいにか？」

とたんにむっとして俊介は親友の顔を睨《にら》みつけた。「おまえネ、日頃の食生活の貧しさが、そういうところに露呈するんだよ。これはこれで完成している料理なんだから、飯になど、ぶっかけてもらいたくないの」

「わたしはノーコメント」

と、それまで一心不乱に食べることに集中していた和子は、賢明にもどちらの肩も持たず、熱いのと辛いのとでハフハフ言いながら、額に薄《う》っすら浮んだ汗を、ナプキンでそっと拭《ぬぐ》った。俊介は奇妙な孤独感に襲われ、奈々子の不在が身に滲《し》みた。まちがって反対側の電車に飛び乗って、名古屋へ行ったまま、まだ現れない。

「カレーっていえばさ」と三四郎は呑気《のんき》なものだ。「芸大食堂のカレー、あれは美味かった。トロリと黄色してさ。あの黄色はインドの僧侶《そうりょ》の衣を思わせるな」

「黄疸《おうだん》の黄色だよ」俊介はげんなりと言った。

「じゃがいもが半分溶けかかっててさ」

「脂身ばかりの肉がせいぜい一、二切れしか入ってない代物な」

「トンカツソースとケチャップぶっかけてさ。あれはあれで完成してましたよ」

「もしかして、それって僕の料理に対する婉曲《えんきょく》な批判なのかね」

　俊介は憮然《ぶぜん》として言った。

「とんでもない。俺の許容範囲の広さの一端を語ったまでだよ。ところで、俊介、ふくじん漬け、あるかね」

「ふくじん漬け？　そんなものないね。ラッキョウもないし、トンカツソースもケチャップもないからな」

「そう怒るな」

「今夜お前を招《よ》んだのは、ひどいまちがいだったと後悔しはじめた」

「心配するな、俊介。次からはトンカツソースとケチャップ持参で来る」

「ついでに白い飯とふくじん漬けもな」

「お取りこみ中申し訳ないんだけど」と和子が呑気な声で割って入った。「たった今、わたしが食べたの、一体何だったの？」

　俊介は、三四郎から和子の顔に視線を移し、更に彼女の前の拭ったようにきれいな皿を見た。

「牛の胃袋」

和子は瞬《まばた》きをし、すっかり平らげた皿を凝然と眺めた。束《つか》の間《ま》の静けさの中を、コレルリの弦楽合奏が優雅に流れた。コレルリは、それまでもずっとバックグラウンドで流れていたのだが……。

「OH MY GOD!」片手で自分の喉《のど》をぎゅっと握りしめて、和子が叫んだ。職業柄、興奮するとつい英語になるのが彼女の癖なのだ。二、三分がところ、英国なまりの英語で何やら喚《わめ》き続けた。わたしをだましたわね。ゲテモノを食べさせたのね。何の恨みがあるのか知らないけど、わたしの神聖な口をよくも汚してくれたわねとか何とか――。ようやく落着き、息をつくために口を閉じたタイミングを見計らって、俊介が口直しにデザートをすすめた。

キッチンに立って行く俊介の背中を眺めて、和子が思わず溜息をついた。

「なんだか急に落ち込んだりして、どうした?」と三四郎が気にした。

「その昔のこと思い出しちゃったのよ」

手で額の髪を掻《か》き上げて、和子が言った。「デザートにわたしを欲しがったものだったわ、彼」

三四郎が真顔になって、和子の腕をそっと叩《たた》いて言った。

「恋はいつか必ず終わるけどさ、友情は永遠に残るよ」

和子はチラリと三四郎を見上げた。

「恋？　誤解しないでよ。わたしたちのは最初から友情」

「なら落ち込むことはないよ」

「女心を知らないわネ、三四郎。それに俊介も俊介よ。途中でやめるなんて男らしくないわ。たとえわたしが八十のお婆《ばあ》ちゃんになったって、『デザートはキミ』って口説き続けるのが、男と女の友情におけるマナーじゃないのさ」

俊介が、黒漆の椀《わん》にシャーベットをこんもりと盛って、戻って来た。和子の顔にとぼけたようないつもの表情が戻った。

「もしかして、それ、羊の脳ミソかなんか掻きまぜて出来てるんじゃないでしょうね」

「そいつは次回で挑戦してみるよ」と俊介はニヤリと笑った。

「これはミントとグレープフルーツのシャーベット。どうぞ」

和子は気を取り直して、スプーンを取り上げた。

やがて奈々子が姿を見せないまま、ディナーはお開きとなった。和子はほっとしたような、残念のような、どっちつかずの落ち着かない気持のまま、三四郎と共に、俊介の家を後にした。

ガビ・デ・ガビを三人で二本空け、食後にブランデーを四杯。足元がふらついた。風もないのに、道の両側の桜の花が盛大に散り落ちる。空気が湿っている。今年は春が早かった。

「ちょっと逢ってみたかったのよね、俊介の恋人ってひとに」

三四郎の腕につかまりながら、和子は夜空を見上げた。「でもね、並の女じゃ長くは続かないわよ、これだけは確か」和子の躰《からだ》がぐらぐら揺れた。反対側から足早にやってきた女に、もう少しでぶつかるところだった。和子はそんなことにはおかまいなく、続けた。「俊介はそのうち捨てられるわよ。これまでだって、女が現れちゃ、次々と消えていったんだから。でもネ、わたしは知ってるのよ。彼ってどこか優しいところがあるから、自分の方から女を切れない。女に愛想をつかせるようにもっていくの。でも、それって――、ねぇ、三四郎、今の見た？」

とすれ違った女を肩越しに振り向いた。

「今のって？」

「すっごいブス」何がおかしいのか、そこで吹きだして和子は笑いころげた。かなり酔っている。

「そうでもなかったよ」

「いいえブス。見たでしょ、牛乳瓶の底みたいな眼鏡」そしてまた笑いころげる。涙がこぼれるくらい笑って和子は唐突に黙りこんだ。

「大変、明日六時起きで、成田《なりた》だわ。スーツケースの中味、これからつめなくちゃ」

「成田って、通訳の仕事？」

「そう、ロンドンに行くのよ。経済界のお偉いさんと」

急に酔いがさめたように、和子はしゃんと背筋を伸ばした。

「この道で二十年近くも第一線を張り続けるってのは大変なんだろうな」と三四郎が感心したようにきいた。

「まあね」

と和子は遠い眼をした。「どの世界でも女が第一線を張って行こうと思ったら、絶対に女を売っちゃいけないのよ」

「なるほどねえ」

「女は売らないけど、女も捨てない。これがヒケツだわね」

そう自分自身に言ってきかせるように言った。「男と女の友情における長続きのヒケツも、同じことよ」和子は近づいてくるタクシーに向かって手を上げた。

＊

「彼女、残念がってたよ、キミに逢えなくて」と俊介は奈々子に言った。

窓際のソファーに無事に落ち着き、飲みものを受けとると、ようやく奈々子は部厚い眼鏡を外して、バッグの中に収めた。

「白状すると、私、恐《こわ》かったの。ということが名古屋から戻ってくる新幹線の中でわかったのよ」

眼鏡をとると、それまでどこか三枚目を演じているような感じがとれ、奈々子は本来の美しい顔立ちをとり戻した。

「じゃ、わざと遅れたんだな」

「考えたかったのよ。なぜ反対側の電車に乗っちゃったのかって」

「単にそそっかしいだけだよ」

「それだけじゃないと思うの。少なくとも今夜は。私がうっかり乗りまちがえたのは、私の潜在意識が働いて反対方向に行かせたんだと思う」

「自己分析は仕事場だけにしておけば？」

「そうね」

と奈々子はうなずき、飲みものを口に含んだ。

「もう一度機会を作るよ。今度は潜在意識の逃亡は認めない。彼女に逢って欲しいんだよ」

俊介は両手を奈々子の肩に置いた。

「でも、もう逢ったわ」

「え？　どこで？」

「桜並木で。もう少しで正面衝突するところだった」

「眼鏡かけてなかったの？」

「違う。あっちが酔ってたの」

「それで？」

「それだけ。彼女はあっち。私はこっち」

「話しかけなかった？」

「タイミングを逸したわ……」

けれども奈々子は、ふと耳にした和子の言葉を、俊介には伝えなかった。愉快ではなかったけれど、それを俊介に言ったって何にもならない。

「ところでキミに相談があるんだけど」

と俊介が言った。「どっちを先にする？　夕食を食べる？　それとも僕？」

奈々子は、飲みもののグラスを透かして俊介を見た。無言で一口飲み、もう一度視線を彼に戻した。黒眼がキラキラと輝いた。

「夕食は何なの？」と彼女が訊いた。

「帆立貝のシノワ風。レモン味のパスタ――隠し味にウォッカを使っている。それからイタリアン・サラダ。メインは牛の胃袋のポモドーロ――つまりトマト煮込み」

奈々子は飲みものを完全に飲み干して、少し間をもたせ、そして答えた。「そうね、あなたを先にしようかな」

「多分そう答えるだろうと思ったよ」

と俊介はニヤリと笑った。

「あら、自惚《うぬぼ》れないでよ。名古屋で鳥めしの駅弁買って食べたから、あんまりお腹が空いてないのよ。残念でした」

「激しく一戦交わせば、またすぐに腹ぺこになるさ」

両手を差しのべて奈々子をソファーから助け起こしたところで、電話が鳴った。俊介は大袈裟《おおげさ》に絶望のゼスチャーをしておいて、受話器を取り、耳にあてた。

「もしもし、わたし」和子の声。

「もしかしてお邪魔だった？」

「あたり」奈々子の顔にかかった髪の毛を、掻き上げてやりながら、俊介が答えた。それほど邪険な声ではない。

「じゃ現れたのね、奈々子さん」

「タイミング良く、デザートにまにあったよ、ありがとう」

「入れ違いだったのね。残念だわ」

「途中ですれ違ったんだってさ、きみたち」

「え？　どこで？」

「桜並木」

「あら、そう？」

と和子が沈黙した。「まさか。あの牛乳瓶の……」

「底みたいなやつ。そうだよ、本人と代わろうか？」

「待ってよ。今夜は止めとくわ。それより電話したのはネ、ちょっと聞きたいことがあったのよ」

「今じゃなくてはだめなのかい？」

かがみこんで奈々子の口に軽くキスをしてから、そう俊介が訊いた。

「お取りこみ中なのは想像に難くないけど、実は明日からロンドンで仕事なのよ。その後、バルセロナにも足を延ばすの」

「それはまた急だね」

「というわけでもないわ。四カ月前からスケジュールはきまっているのよ。あなたが今知ったのは、あなた自身の私に対する無関心のせいにすぎない。それはさておき……」

と、和子は、ことさらにビジネス調で言った。傍《そば》で奈々子がブラウスの後ろボタンを外している。片手で俊介がそれを手伝う。和子が続けた。

「さっき夕食の前にチラと話に出た人の名前と電話教えてくれない？　サグラダ・ファミリアで仕事している日本人の彫刻家よ。わたし、逢ってみたいの」

「いいけど……きみのタイプの男じゃないよ、非常に無防備で繊細なところがあるんだ

――だから……」

「何もとって食おうっていうんじゃないのよ」と和子は怒ったように言った。「興味があるのよ」

「どうして？」

「あなたが彼に興味をもったから。サグラダ・ファミリアに興味をもったから。だからよ。いけない？」

俊介は黙り、少し考え、そして答えた。

「いや。……彼の名は今井田《いまいだ》勲《いさお》――、サグラダ・ファミリア教会へ行けばつかまるよ。そこで働いている日本人は彼だけだから、僕の名前を言えば、良くしてくれるはずだ」

「ありがとう」と和子が言った。「ところでひとつ質問していい？　彼女、アレする時にも、牛乳瓶の底みたいな奴、かけてするの？」

俊介が抗議しかける前に、笑いながら和子の電話が切れた。苦笑して俊介も電話を置いた。

＊

「悪いけど、気が変わったわ」

と外しかけたボタンを再び留めながら奈々子が言った。

「え？　どうして？　今の電話のせい？　でも彼女とは何でもないんだ、ほんとだよ」

「言い訳しなくていいのよ」

「ほんとだって。和子とはむしろ男同士のような友情なんだ」

「でも彼女の方では、そこまで割り切れてないみたいよ」

「奈々子が嫉妬《しっと》するなんて珍しいね」

「嫉妬じゃないの」わかっていないのね、というように彼女は肩をすくめた。「友情の一種。私、彼女に友情を感じるの」

「だからどうだっていうんだい。和子の奴、キミに対してひどいこと言ったんだぜ。アレする時も牛乳瓶みたいなのかけてするのかって」

　しかし奈々子はひるまない。

「いじらしいと思わない？」

「ぜんぜん思わないね」

「いじらしくて可愛《かわい》い人よ。強がっているけど、心はガラスみたいに繊細なんだと思うわ」

「それと、僕たちのことと、どう関係あるんだい？」

「彼女の友情に免じて今夜は何もしない」

「免じることないよ、そんなこと」

「さてと……帆立貝とパスタでも頂こうかしら」俊介の耳の底で、和子の陽気な笑い声が、今や勝ち誇ったように鳴り響いた。

CATCH & RELEASE《キヤツチアンドリリース》

〈本日のメニュー〉

鱒のルイベ

リゾットの白ワイン風味

鱒のムニエル

〈本日のデザート〉

マリコ・ヤマモト

（メークアップアーティスト）

まずお断りしておかなければならないことだが、我が愛すべき主人公大西俊介は、プロの料理人でもなければ、無限にプロに近いこだわりの素人料理人でもない。たとえば本章のメニューを見て頂くとわかるが、鱒《ます》のルイベはわさび醤油《じょうゆ》で食べるわけだから、日本風。次の白ワインで煮込んだリゾットは本格的なイタリアンだ。しかも前菜に使った鱒をメインのムニエルにも使っている。これはできることなら避けたいことだが、彼自身の事情で避けることができない。つまり昨日芦ノ湖《あしのこ》で釣って来た三匹の鱒——ブラウン・トラウトを、無駄にするわけにはいかないのである。

更に難クセをつければ、川魚と、繊細なリゾットの組み合わせも、決して洗練されているとはいえない。どうしてもここにパスタ類をもってきたいのなら、ピリ辛トマト風味のペンネというところだろう。味がきりりとはっきりしているので、個性的な鱒の味にしっかりと太刀うちできる。

けれども俊介は、どうしても今週のメニューにリゾットを加えたかったのである。というのは、ひょんなことからイタリアから来日中の建築家が、得意のリゾットを作って披露するという集まりに、呼ばれたのだ。髭面《ひげづら》の大男のイタリア人が、汗みずくになってキッチンに立ち、鍋《なべ》の中の米をかきまぜている一部始終をしかとその眼《め》で眺めた。彼は三十人分の大量の米に、たえず、スープストックを足しては、かきまぜ続けた。ふとスープストックのかわりに辛口の白ワインで煮込んだらどうかと、俊介の頭にひらめいた。出来上がったイタリア人建築家のリゾットは、家庭の味。お父さん自慢の日曜料理の味だった。

こだわりの俊介は、翌日、行きつけの広尾《ひろお》のイタリア料理店「ヴィノッキオ」で、プロの作る白ワインのリゾットを味わってみた。ここの料理長は、俊介が料理を待ちながら飲んでいる白ワインの「アリエッラ」を途中で、ちょっと拝借と持っていってリゾットを煮込むのに使い、残りをまた返してきた。

さて、プロの味は——。米の煮具合は当然アルデンテ。褐色に炒《いた》めたタマネギのほのかな甘みが、白ワインの風味を引きたてて、まさに絶品。

しかし、これはあくまでもプロの味だ。

という訳で、俊介はリゾットに挑戦してみようと思った次第である。そう思うと矢も盾もたまらなくなるのが、彼の性格だ。

さて本題に戻ろう。昨日芦ノ湖で釣って来た三匹のブラウン・トラウト——学名をサルモ・トルッタという——のうち、大き目の一匹は三枚におろされ、すでに冷凍庫で凍っている。その一枚の切り身をとりだし、ほどよく冷凍がもどりかけたところを、刺し身状に切り皿に並べる。食する時に、まだ少し芯《しん》のあたりが凍っている頃《ころ》が、食べ頃だ。

マリコはすでに居間で、ウィスキーのオン・ザ・ロックスを飲んでいる。俊介としては、シャンパンか、せいぜいシェリー酒を飲んでいて欲しいところだが、マリコ・ヤマモトは、食前も食中も食後もウィスキーのオン・ザ・ロックスに固守する女だ。しかも、バランタインの三十年もののみを、ひたすら好むという贅沢《ぜいたく》な女なのだ。

他人の顔にメイクアップをほどこして生業《なりわい》を立てているためか、当の本人は、みごとなまでに素面《すっぴん》である。どちらかというと、男顔だ。眉《まゆ》が濃く、意志的な顔立ち。そのマリコが、三杯目のオン・ザ・ロックスのために、冷蔵庫の氷を取りに来て、言った。

「ねえ、俊介。あなたどうして、あたしを釣りに連れて行ってくれないの?」

マリコとは、タレントを使う海外取材の時にはたいてい一緒なのだ。一年のうち少なくとも五、六回は彼女と海外へ行く。かれこれもう、七、八年になる知りあいだ。

「きみの大事な子宮のためだよ」

俊介は、オリーブ油でタマネギを炒めながら答えた。

「湖は寒いからね。ボートの上は腰が冷える」

と彼は、洗っていない米を平鍋の中で炒めたタマネギに加え、混ぜこみながら言った。リゾットのコツのひとつは、米を洗わないことなのだ。「それとトイレの問題」

「とかなんとか言って」

と、マリコは冷蔵庫に背中をもたせかけると、濃い眉をぴくりと上げた。「本当は、一人ひそかに淫乱《いんらん》な妄想にふけりたいんでしょ。ねぇ、釣り師って好色な人間が多いって、ほんと？」

「ほんとさ。釣り人とかけて好色と解く。その心は？――」

米がこげつかないように、たえず鍋の中味をかきまぜながら、俊介が答えた。米が透き通る感じになるまで、せっせと炒めなければならない。

「その心は？」ぐびりとバランタインを飲みながらマリコが質問に質問で答えた。いくら飲んでも別に俊介の懐は痛まない。マリコの持ち込みなのだ。

「たとえば新緑の頃――」

と俊介が答える。「あのむせかえるような新芽の匂《にお》いのたちこめる湖にいると、それだけで、エレクトすることがあるんだ。きみにはわからないだろうけど」

「あたりまえ。エレクトするものもっていないもの」

「それと、なんだね、魚の体のぬめりの感覚。あれはまさに――」

「ストップ。それ以上言わなくても、想像できるわよ」

「とすると、きみも相当に淫乱だぜ」

俊介はニヤリと笑い、透明感の出て来た米の中に、白ワインを注ぎこんだ。「更につけ加えれば、釣るという言葉は、まさに女を釣るゲームを連想させるよね。そんなところかな」

「俊介、もしかしてあなた、あたしを釣り上げたつもりなの？」

「いやいや、マリコ。釣った魚には餌《えさ》はやらないと言うだろ？」

米が水分をすっかり吸収したところで今度はスープストックを加える。前後になるが、今夜のリゾットのカクシ味は、牛骨の骨髄が入っていることだ。タマネギを炒めている時に、ペティナイフでくりぬいた骨髄を加え、一緒に炒めるのだ。

「何を作っているのか知らないけど、そんなものであたしを釣れると思ったら大まちがい」

「それは、味を見てから言ってもらいたいね」

マリコ・ヤマモトとは数え切れないほど海外にも行き、一緒に仕事はしているが、まだ、二人の関係は友情の域を出ていない。

俊介は、仕事中に、同僚とも言うべき女に、手を出すことは、自分に固く禁じている。というより、ひとつのプロジェクトを担当している間は、相手が女であろうと戦友みたいなもので、まるきり、その気にならないというのが本音だ。

しかし、今夜は別だ。全くのプライベート・タイム。

「さっきの話に戻るけど、女を釣りには誘わない。これって結論？」

「さっきも言った通り、新緑の匂いでもやもやっときて、魚体のぬめりで興奮の極度に達したら、マリコなんか強姦《ごうかん》するの、簡単だからね。それとも強姦されたい？」

それには答えず、マリコは眉をしかめて言った。

「一体いつまで、そうやってかきまぜているつもり？　釣り人って、ほんとうに忍耐強いのねぇ」

「正確には、十七分」

ヴィノッキオのシェフが料理をしている時間を計っての結論だ。

「でもさ、釣り人が忍耐強いってのは当たらないね。実は、大いに短気なんだ」

「短気で一日中のんびり釣り糸たれてられますか」

マリコはグラスを片手に居間の方に戻って行く。

ところが、やっぱり短気なのだ、と俊介は胸の中で呟《つぶや》いた。魚がかかるまでの一瞬一瞬、腹は煮えたぎるような思いで一杯なのだ。怒りで一杯なのだ。たえず、自分をののしっている。

のんびりかまえている奴《やつ》になど、魚が釣れるわけがない。水面をにらみつけ、胸の中でたえず激しく悪態をついているのが釣り人《アングラー》なのだ。俊介は再び白ワインをひたひたに注ぎ入れ、鍋をまぜ続ける。ヴィノッキオのシェフは、三度だけWを描くようにかきまぜる、と言ったが素人ではとてもそうはいかない。すぐ焦げついてしまうのだ。

そろそろ、ルイベの解凍具合がちょうどよい時分だ。マリコにそう言って食卓に運ばせる。ついでに、サメ皮のおろしで生ワサビも擂《す》らせる。人使いが荒いと彼女はぶつくさ言う。

「共有体験って奴さ。親しさが、ぐっと増すような感じがするだろう？」

三度目のワインをまた注ぎこんでおいて、俊介は大急ぎで食卓に坐《すわ》ると、マリコと共に今宵《こよい》の前菜、鱒のルイベを食した。舌の上で、シャリっとした一瞬の感触を残して、まさにとろけるような味。途中で何度も立って行っては、リゾットをかきまぜ、また食卓に戻る。マリコが口を尖《とが》らせた。

「もしかして、ベッドの中でもそんな風に出たり入ったり落ち着きがないの？」

「きみに最高のリゾットを食べてもらいたいから我慢してくれよ。そのかわり、ベッドに入ったら、朝まで一歩も出ない。なんなら、明日会社を休んでもいいよ」

また席を外しリゾットの方へと、飛んでいく。間一髪、焦げる寸前だ。味見をすると、ほどよいアルデンテ。素早く直前に下ろしておいたパルメザンチーズをまぜこみ、溶けたところで火を止める。熱々を皿に盛り、食卓へ。このあたりすべて一気の勝負だ。「お喋《しゃべ》りは後。一心不乱に食べてくれ」

冷えた白ワインは、拝み倒してヴィノッキオから分けてもらったアリエッラだ。シェフがやった通り、同じアリエッラをリゾットにも使用した。その残りだ。俊介は逸《はや》る思いをじっと抑えて、一口リゾットを含んだ。

スープストックをひかえた分だけ、味がサラリと洗練されている。タマネギの量を少なくし、茶褐色になる寸前でやめたので、ヴィノッキオのリゾットほどコクと甘みはないが、そのかわりワインの風味が微《かす》かに立ち昇ってくる。これぞリゾット・俊介風味。僕だけの味。彼は、してやったりと満足気にマリコを見やった。

「どう？」

自信満々に訊《き》いた。

「はっきり言って……」とマリコが言った。いつだって彼女ははっきり物事を言うのだ。

「まだシンが残ってるみたい」

俊介は啞然《あぜん》とし、もう少しで手にしたフォークをとり落としそうになった。「その点を抜かせば、味は結構よ」とマリコはケロリとして言った。物事をはっきりと言うことと、時たま、おそろしく見当外れな発言をするのも、マリコのマリコたるゆえんだ。

「あのね、マリコ、その点だけは抜かせないんだ。シンが残っていることがこの料理の命なんだ」

一体僕がこの十数分、全身全霊で鍋の中味をかきまぜてきたのは、何のためであったのか。絶妙のシンを残して仕上げるためではないか。

「あのね、マリコ」と俊介は更に言い足した。

「アルデンテって言葉、知ってるよね？」

「ええ。スパゲティーの時に使うわよね」

「リゾットでも使うんだ」

「でも」と、マリコは、涼しげな眼で俊介をみつめた。「あたし、個人的な好みで言えば、ご飯はシンがない方がいいと思うわ」

それで終わり。それが結論。個人的な好みの問題を持ち出されたら、何をか言わんや、だ。マリコを喜ばせたいと願ったかぎりにおいて、この料理は完全に失敗だ。彼女は喜ばなかった。好みではないとさえ断言した。俊介はおそろしく惨《みじ》めな気持に襲われた。

「でも失敗は成功の母というじゃない。次の時にはきっと上手《うま》くいくわよ」

その言葉は、ベッドで首尾よくやれなかった男を慰める言葉と酷似していた。そして俊介はまさにそのような気分に陥りつつあった。

なんとか食事が済んだ。鱒のムニエルに関しては、マリコは健康でノーマルな食欲を見せた。

けれども、何かがどこかで決定的に欠落してしまったような感じを俊介は拭《ぬぐ》えないでいた。男と女の関係で、感性が決定的に違っていたら、だめなのではないだろうか。アルデンテをシンという女は、だめなのではないだろうか。

俊介は哀《かな》しい気分に襲われたまま、マリコ・ヤマモトの美しい素顔をみつめた。

このあとどうするつもりなの、と少なくとも七、八杯目のバランタインで陶然とした眼で、マリコは彼を見返した。

しかし、それはあくまでもバランタインの三十年ものが成せるわざで、決して俊介の男としての魅力に、陶然としているのではなさそうだった。

「あたしを口説かないの？」

といかにも不思議そうにマリコが訊いた。

「あのね、マリコ」

と俊介はしごく真面目《まじめ》な顔で言った。「キャッチ&リリースって知ってる？」

「何なの、それ？」

「釣り師の言葉。あるいはモラルと言い直してもいい。つまり、つかまえた魚を、そのまま水の中へ放してやることを言うんだよ」

マリコは、もうろうとした頭で、何ごとか考えようとしていた。「せっかくつかまえたのに、なんでわざわざ逃がしたりするのよ？」

俊介はそれには即答せず、かわりにこんなふうに説明した。

「釣った魚をどうこうする気がない時は、そのまま釣り上げず、水の中でそっとフックをとり除いてやるんだ。とくに鱒っていうのは非常にデリケートな魚なので、驚かさないように、水で手を充分に冷やしておいて、取りあつかう。できるだけ無傷で逃がしてやることが大事なんだよ」

「でもさ」とマリコは冷たく言った。「魚にはプライドってものはないわよね。だからプライドは傷つかないわよね」

「信じないかもしれないけど、マリコ。魚にもプライドはあるんだ。特にブラウン・トラウトにはあるんだ」

「もしかして、それってあたしに帰れっていう、遠回しの比喩のつもり？」

柳眉《りゅうび》が逆立っている。

「そう取りたければ……」

「じゃ、あたし、無傷のまま、帰らせて頂くことにするわ」

と彼女は憤然とテーブルの上にグラスを置いた。

「多分、その方がいいと思うよ。でないときみは本当に傷ついてしまう」

「あたし、そんなに柔《やわ》でもないし初心《うぶ》でもないわよ」

とマリコは皮肉たっぷりに言った。「それに何も男とベッドを共にするのは、これが初体験ってわけでもないし」

「でも、ベッドでも、きみのお気に召さないと思うんだ」

「あらどうして？」

「何しろ僕ときたらアルデンテだから。そしてきみはアルデンテが嫌いときている。……つまり、そういうことさ」

大西俊介は、マリコを送っていくために、腰を上げた。

〈俊介の独白《ひとりごと》〉

僕が鱒釣りに開眼した瞬間のことを今でも忘れない。ホテルオークラのプールで泳いでいた時のことだ。

出勤前の早朝、ノンストップで千メートル泳ぐことを数年来、自分に課している。僕のフィジカル・フィットネスのひとつだ。

その朝は珍しく他《ほか》の会員の姿はなく、プールは僕だけのために、静かに水をたたえていた。まだ誰《だれ》にも汚されていないヴァージンスノーの上を滑り降りる時のスキーヤーと同じ胸のときめき。僕はゆったりとしたペースで水を掻《か》き始めた。

広くとったガラス窓から射《さ》し込む白々とした早朝の日射しが水面を輝かせ、無数の鋭角の光の矢となって水中に拡散していた。聞こえるのは自分自身がたてる規則正しいひっそりとした息遣いだけ――、その瞬間、僕は鱒だった。

鱒のように泳いだ、という意味ではない。

僕自身を鱒そのもののように感じたのだ。自分の息遣いに耳を澄ませ、水流を自分の皮膚に快く感じていた時、魚であることの歓《よろこ》びが、生理的な快感となって僕を襲ったのである。四肢はヒレとなり、肉体は流線形となって水中を進み、僕は自分がエラさえもっているように感じ始める。

太古の昔、人類は海中にその祖先を持っていた。遠い原始的な記憶が蘇《よみがえ》ったのか、近くは母の胎内の羊水への郷愁か、理屈はわからない。少年の時からそうだった。水の中にいると僕はたまらなくハッピーだったのだ。スキューバダイビングにとりつかれたのもそのせいだと思う。

水深二十メートルほどの海中で、中性浮力に身をゆだねると、僕は魚になる。あるいは胎児に。水圧の心地良さに時のたつのも忘れて、危くタンクの空気が空になったことなど再三あった。

当然のことながら、僕はハンターではない。水中銃やモリを手にしたことは一度もない。

その朝の静寂は、あたりに広がる水しぶきの音と、その震動であっけなく破られた。もはやプールは僕一人のものではなくなり、僕の肉体から鱒であることの感覚が消え去った。

なぜ、鱒なのかという説明が必要かもしれない。鮭でも、岩魚《いわな》でもワカサギでもなく、ナマズでもなく、なぜ鱒なのか。答えは簡単だ。鱒が好きなのだ。正確にはブラウン・トラウト。学名サルモ・トルッタ。かのセシル・E・ヒーコックスも言っている。ブラウン・トラウトは目に美しく心に興奮を呼び、精神を刺激し、舌を楽しませてくれる魚だと。しかも魚の中で最も利口で用心深く、最も手ごわい、ゆえに魅力的な存在であると。僕も全く同感だ。

フランツ・シューベルトも、ブラウン・トラウトに魅了されあの有名な弦楽四重奏「鱒」を作曲した。

料理を志す世界中のシェフの神様的存在、エスコフェの「トリュイト・オ・ブルー」はブラウン・トラウトを使った神話ともいえる傑作のひとつだ。

そして僕とブラウン・トラウトの出逢《であ》いと、それに続く長い恋愛関係――。それは芦ノ湖でのことであり、僕たちを宿命的に結びつけたのは、知る人ぞ知る釣りの達人、心静かな野崎茂則《のざきしげのり》さん。僕の師匠。芦ノ湖のブラウン・トラウトを知りつくしている友人。茂則さんなくしては、今のアングラーのはしくれ、自尊心高き釣り人の僕は存在しない。

最初の十年は、寝ても覚めても考えるのは鱒《ブラウン・トラウト》のことばかり。頭の中で鱒が泳ぎまわっていたと言っても言い過ぎではない。とにかく重症の片思い。雨が降ろうが、富士下ろしの寒風が湖上に吹き荒《す》さぼうが、雷が落ちようが、とにかく週末というと通いつめた。時には思い余ってつんのめり、何度水中に落下したことか。

氷のような水を掻きながら立ち泳ぎしている時でさえ、僕は幸せだった。だって、好きでたまらない鱒と同じ湖で泳いでいるのだもの。

その幸せな一体感にうっとりと浸っていると、茂則さんの声が飛んだ。

「俊介さんヨ、凍え死んじまっては、好きな魚にも逢えなくなるというもんじゃないかネ、気持はわかるが、そろそろ上がった方がいいと思うヨ」

助けられたのか恋路の邪魔か。そんなこんなで修業をつんだかいもあり、四年連続の年間ブラウン・トラウト部門のチャンプになったりもした。国内だけではあき足らず、アラスカやニュージーランドまで遠征したこともあった。

しかし十年たっても、「片思い」の感が拭えずにいた。一方的で不毛な愛に、僕は少々疲れを感じ始めてもいたのだった。その矢先だった。ついに開眼したのは。

その翌朝、レス・レストンのヘルメットを大急ぎでかぶり、僕は愛車のシルバー・ショット・ガンに股《また》がった。五つめのキックで、あの独得の腹に響く快音をタン・タンターンと発して、ドゥカティが飛び出した。一路芦ノ湖へ。

ほどなく湖上の人となった僕。冷気で顔はこわばり、耳はちぎれんばかり。指先の感覚もすでになかった。僕は黙々とルアーをキャスティングし、操り続け、湖面をみつめていた。

その時、二人の僕がいた。湖上の僕と、冷水の中の僕と。釣り人《アングラー》である僕と、鱒である僕と。鱒の僕は、冷水の層を通して、湖上の僕を眺めた。熱い思いで僕と出逢いたがっているのがわかった。僕はヒレを揺すり、流線形をたわめて水中を進んだ。そして——。

一方湖上の僕には、その瞬間が手に取るようにわかった。確かな手応《てごた》え。夢にまでみた手応えだ。

見事な一匹だった。金色に輝き、赤い斑点《はんてん》が朝日を受けて鮮やかに光った。ワカサギをたらふく食ったのか、元気でずっしりと重かった。

「俊介さんがキープとは珍しいや」

〝リリースの俊介〟と彼は僕をよくからかったものだった。

「うん、こいつで今夜は一緒に一杯やりましょう」

この気持、わかってもらえるかな？　ついに得た最愛のものを食っちまうっていう——。〝骨まで愛して〟という唄《うた》があったけど。これぞアングラーがアングラーであるゆえん。釣り人好色説を説明して余りありと思うけど。いや、本当のところはもっと深いものがあるのだ。単なるスポーツでもないし、単なる食欲でもないところのものがね。これはブラウン・トラウトに魅せられたものにしか、わからない心情だけどね。

「ホテルのプールで開眼したとはネ」と茂則さんが笑った。

「冬の芦ノ湖で泳ぐのは、もうあきたからね」と僕。

「何度も溺死《できし》寸前になって、よく言うヨ」

僕と茂則さんの笑いが、白い息となって湖面を流れた。

あの日からずいぶんたつ。この頃、僕はほとんど芦ノ湖を訪れない。釣りそのものもしなくなった。理由はたったひとつ。最近の釣り人のマナーの悪さだ。モラルも常識のへったくれもない。始めたばかりのゴルファーのように無礼で騒がしい。

茂則さん、そんなわけで、ごぶさたしています。お元気ですか?

ヨロン島の熱い風

〈本日のメニュー〉

タンポポと花のサラダ
山羊汁

〈本日のデザート〉

廻燿子（女流作家）

大西俊介は南西諸島のひとつ、ヨロン島で太陽をさんさんと浴びつつ、すぐ眼《め》と鼻の先の珊瑚礁《さんごしょう》の海をあきることなく眺め続けた。

東京ではまだセーターが必要だというのに、ここは常夏の島。ジーンズの上半身は裸といういでたち。

日射《ひざ》しは強いが空気はカラリと乾いている。海からたえず吹き寄せる潮風はあくまでも柔らかい。

こんなに美しい海が日本にもあるなんて信じ難い。廻燿子《めぐりようこ》に感謝しなくては、と彼は芝生の上のデッキチェアで寛《くつろ》いでいる女流作家を振り返った。

けれども彼女はじっと眼を閉じている。週刊誌の来週の構想でも練っているか、あるいは日ごろの殺人的なスケジュールの疲れで、うたたねでもしているのであろう。俊介は彼女をそっとしておくことにした。

そうなのだ。ここはヨロン島にある彼女の別荘で、彼は招待されてはるばるやって来たのだ。

先週のことだった。彼女が連載している小説のテレビドラマ化の件で、俊介が彼女の仕事場に電話をかけたのだ。

「あら、久しぶりね。実に二年ぶりじゃないの。すっかり忘れ去られたってわけじゃなかったのね」

皮肉を隠そうともしない。彼女とは二年前、ビデオ映画の企画で、一緒に英国のマン島へ行ったのだ。有名なＴＴレースを題材にした脚本のためのロケハンだった。一週間一緒に旅をして、我がままぶりには振りまわされたが、時間に対しては正確なことと、並々ならぬ食に対する好奇心に俊介は敬意を抱いた。その後、予算やスポンサーサイドの交渉が難航して、企画は無期延期。業界ではよくあることなので、彼女との間がそれで気まずくなったわけではなかったが、お互い多忙の為《ため》、疎遠になっていたのだ。

俊介が電話でこのたびの趣旨を伝え、一度相談したいと申しでると、女流作家は、いいわよ、来週訪ねていらっしゃいと、気軽に応じた。

「いつものホテルの仕事場ですか？」

と彼が念のために訊《き》いた。

「ノー、ノー。来週はヨロン島よ。二、三週間そっちでカンヅメよ」

というわけで、俊介は沖縄経由の半日がかりで、南の島ヨロンに飛んで来たという事の成りゆきである。

ヨロン島の小さな空港まで彼女の小さな車で迎えに来た燿子は、大西俊介の両手に提げた荷物の多さに、大きな眼を更に大きくして言ったものだ。

「あなた、一体何カ月居候するつもりなの？」

「こっちに入っているのは、ハスの葉っぱ」

俊介は巨大なトランクを叩《たた》いて見せた。「バリバリに乾燥しているんで、破損しちゃいけないと思ってね」トランクには、紙で包んだハスの葉が一枚入っているだけなのだ。

「ハスの葉っぱなんて、何に使うのよ？」彼女は眼をパチクリした。

「それは後のお楽しみ」

と俊介はもうひとつの大きな荷物を見せた。スキューバダイビング用の網のバッグを透かして、紀ノ国屋の紙袋が二つつまっている。

「それはみんな食料品？」

彼女はちょっと感動したみたいだった。

俊介とて、このチャンスを逃がす訳にはいかない。自慢の腕をふるって、彼女に強い印象を与える絶好の機会なのである。

彼が考えてきた今回のメニューは、中華料理。ハスの葉で包んで蒸す中国風五目飯。サトイモとネギのスープ。原地の材料をあてこんで、苦《にが》ウリの炒《いた》めもの等々だ。

紀ノ国屋の紙袋の中にはありとあらゆる種類の中華風の野菜類、それに干しシイタケ、干し貝柱、きくらげ、中国の黒酢、五香、ゴマ油など。もうひとつの袋には、イタリア料理に欠くことの出来ないバジリコやチーズ、ブーケガルニ、イタリア産のトマトの缶詰、アンチョビー、オリーブ油、大量の唐辛子などが入っている。二日目はイタリアンで腕をふるうつもりなのだ。

あらあら、まぁまぁ、と彼女は眼を細くして、俊介が彼女のキッチンで次々と取り出す食料品を眺めた。「あなたにそんな趣味があるなんて喜ばしい驚きね」

まず俊介としては、気になるハスの葉を出来るだけ早く水にもどさねばならない。けれども台所中探してもハスの葉をすっぽり入れるような大きな入れものがみつからない。

家中歩き回って何かないかと探すうちに、廻燿子の寝室に格好のものがみつかった。猫足をしたクラシックなバスタブである。

よく西部劇などの映画で見かけるように、寝室の一隅にバスタブがあり、それをビョウブで隠しているという設定。俊介は内心手を打ち、さっそく水を張り、乾燥したハスの葉を、注意深く底に沈めた。あとは夕方までゆっくりもどるのを待つだけだ。

彼はセーターを脱ぎシャツを脱いで上半身裸になると、すでに躰中《からだじゅう》サンオイルを塗りたくって芝生の庭で日光浴している女流作家と、行動を同じくすることにしたという次第である。

「ねえ……」

と眠っていると思った彼女が背後から言った。「招《よ》んどいてこんなこと言うのは何だけど、私、テレビに絶望してるのよ。私の小説《ほん》のドラマ化は、当分やらないつもり」

のっけから、いきなり先制パンチだ。しかしそんなことでひるむ俊介ではない。「もちろん僕も、これまでのテレビドラマの延長線上のものを作るつもりはないんですよ」更につけ加えた。「それなら何も僕がプロデュースしなくてもいいわけだからね」

過去のマン島の取材における俊介のこだわりを思いだしたのか、廻燿子がうなずいた。

彼が続ける。

「あなたの小説世界をドラマ化できるディレクターは、日本人にはいないんですよ」

日射しが肩や背に重くのしかかる。フローズン・マルガリータが彼の脳裏にちらつく。

「そうなのよ、役者も演出家も、体験がプアなの」ここぞとばかり、女流作家は喋《しゃべ》り始めた。「それは彼らのせいじゃないかもしれないけど。彼らのリアリティって、たとえば、西日の射しこむ四畳半の、毛ばだった畳なんかを描くことにかけては達者だけど……。私の理想はヴィスコンティよ。彼は貴族でお金持だった。団地に毛のはえたようなマンションに住んでいる我々日本人の大多数の人間には、逆立ちしたって本物のリッチな世界は描けるはずはないのよ。でも、その逆は可能なのよ。豊《リッチ》かな人は貧しさの世界も描ける。これは残酷な事実ね」

　彼女はデッキチェアから身を起こすと家の中に入って行き、缶ビールを両手にひとつずつ持って、再び戻って来た。俊介はフローズン・マルガリータをひとまず脳裏から葬った。

「日本では、唯一、伊丹十三《いたみじゅうぞう》くらいだよね。真の豊かさに肉薄している監督は」と、俊介が言った。

彼女は缶ビールを一気にあおった。女だてらに中々の飲みっぷり。俊介は日射しを浴びて輝くばかりの彼女の喉《のど》を眺めた。

「悪いけど、ちょっと眠るわ。続きは後でね」

そう言うなり燿子はデッキチェアの上で眼を閉じた。相変わらずのペースだ。

彼女が昼下りの眠りをむさぼっている間、俊介は夕食の下ごしらえにとりかかった。干しシイタケと貝柱ときくらげを水にもどし、米をといでザルにあげる。苦ウリと豆腐は現地調達のつもりだったので、ひとっ走り車で、スーパーマーケットまで行ってくることにした。

サトウキビ畠《ばたけ》にさしかかったところ、前方を白い動物がゆっくりと横切っていくではないか。首に綱をつけた山羊《やぎ》だ。更に言えば丸々と太った美味《うま》そうな山羊だ。そうか、ここは沖縄の隣なのだ。とすれば山羊汁に山羊サシの世界ではないか。たちまち俊介の頭の中は山羊のことで一杯になってしまった。

島の肉屋に駆けこみ訊いてみると、うれしいことにあるという。サシミ用には鮮度を欠くが、煮込みなら充分だ。「こっちでは山羊汁、どんなふうに作るんですか」と、彼は肉を包んでいる親父《おやじ》さんに質問した。

「冬瓜《とうがん》とパパイアを入れるよね、こっちでは。それとネギ」と肉屋の親父が答えた。

「パパイア？」

「そう、青いやつ。肉を柔らかくするからね。水のかわりに有泉《ゆうせん》を使うといいよ。有泉というのはここの地酒でサトウキビから作った焼酎《しょうちゅう》」

「味は、塩かね、それとも、ミソ？」

「ヨロンではミソ味だね。しょうがとニンニクもどっさり入れないとね」

「他《ほか》には？」

「出来上がったらヨモギの葉をタップリのせて、あとは食うだけだね」

「ヨモギは売ってる？」

「そんなもの、そこいら中にいくらでも生えてるさ」

「ありがとう」

思いもかけぬ獲物を手に入れた猟師よろしく、俊介は上機嫌で帰途についた。ハスの葉で蒸し上げた五目御飯と、山羊汁。今夜のメニューはこれできまり。優雅さに欠けるが、食欲優先だ。燿子ならわかってくれる。彼女も健啖《けんたん》家なのだ。

沖縄瓦《かわら》で屋根をふいた彼女の美しい別荘は、今や夕焼けに染まり、眼の前の珊瑚礁は深い紫色をたたえて、静まりかえっていた。

仕事場とキッチンが家の中で一番景色の良い位置にあるのも、いかにも彼女らしい。仕事の手を休めて顔を上げると、刻々と色を変えるヨロンの海が見えるという寸法だ。

「おかえり」

という声でふりむくと、燿子がバスタオルを高々と髪に巻きつけた上気した湯上がりの姿で、笑っている。

「お、お風呂に入ったの？」

ぎょっとして俊介が訊いた。ぎょっとしたのは女流作家のピンク色に染まった湯上がりの肌のせいではない。ハスの葉だ。

「見ての通りよ」とケロリと彼女が答えた。

「でも、ハ、ハスの葉は？」

「あ、あれね、ありがと、俊介。私のために薬用湯、作ってくれたなんて、ほんとに優しいのね」

「薬用湯？」嫌な予感で口の中が酸っぱくなった。

「ほら、お肌がスベスベ。ハスの葉って、日焼けのホテリをしずめるみたい。よかったらあなたも使ったら。よくしぼっといたから、もう一度くらい使えるんじゃない？」

「しぼったって？」

愕然《がくぜん》とし、次に発作的に俊介は彼女の寝室に飛びこみ、西部劇風のバスタブを眺め降した。哀れにもふた目と見れぬ姿となったハスの葉が、手ぬぐいをしぼった型になって、タブのふちにちょこんと載っていた。

「いくらなんだってひどいよ、これは！」と思わず彼は悲痛な叫び声を上げた。中国飯店のマネージャーをおがみ倒して、一枚だけ分けてもらったハスの葉だ。しかも、型を損《そこな》うまいと、大きな重いトランクに入れてはるばる運んで来たのだ。

「どうしたのよ、何を喚《わめ》いているのよ？」と彼女が顔をのぞかせた。

「きみの躰を洗うために持って来たんじゃないんだ。ご飯を包んで蒸すために持って来たんだぞ」

「そのご飯、どうするの？」

「当然、食べるんだよ」

「だったら、私を食べたら？　あなたの好きなハスの葉の香りがするわよ」

ニヤリと不敵に笑う女流作家。しかし俊介はこの際、色気より断然食い気の方をとる。

怒りは収まらない。彼はボロボロになったハスの葉を開き、歯ぎしりした。

しかし、男子たるもの、いつまでも膨《ふく》れ面《つら》をしているわけにはいかない。彼はけなげにも気をとり直し、山羊汁の方にとりかかることにした。ハスの葉のご飯がご破算になったとすると、真剣に山羊汁にとり組まねばなるまい。

ニンニクと生姜《しょうが》をみじんに刻み、ゴマの油でよく炒め、一口大に切った山羊の肉とパパイアの小口切りを加える。それに有泉なる焼酎をたっぷり注ぎこんで、あとは煮こむだけだ。冬瓜は肉が柔らかくなった後で加えることにする。実は溶けてしまうからである。

　肉が煮える間に、彼は懐中電灯片手に別荘の裏手を歩きまわって、野生のヨモギを探した。探しているうちにタンポポが目についたので、それも摘んだ。ホロ苦いタンポポのサラダが、山羊汁に合うだろうと、咄嗟《とっさ》にひらめいたのだ。ついでにツユ草とシロツメ草の葉と花も摘んだ。山羊汁の荒々しい野生味と、花のサラダというミスマッチが新鮮だ。大西俊介、ハスの葉の一件にようやく諦《あきら》めがついた。いいとも、五目飯のかわりに、今夜はハスの香りの女流作家をいただいてやろうではないか。

　山羊肉が思いの外、柔らかくなるのに時間がかかった。七時に仕込んだのに、九時になっても、まだ固い。女流作家は家中に漂う山羊の匂《にお》いに刺激され、「ねぇ、まだなのぉ？」と鼻を鳴らす。

「さっきの続きだけどね」と大西俊介は、さりげなく話題を仕事にもっていく。「僕としては普通のドラマ作りを考えていないんだ。今度のあなたの作品のドラマ化に当たっては、ちょっと面白い方法があるんだけど」

「ほんと？」欠伸《あくび》をしながら燿子が言った。ふぉんとと聞こえる。

「美術監督に石岡瑛子《いしおかえいこ》、音楽をニューオリンズ出身のアーロン・ネヴィル、それにきみの脚本――」

「私は原則として脚本は書かないことにしているのよ」そうは言ったものの、彼女の声には興味のほどが含まれている。俊介が続ける。「ディレクターだけどね、僕はこの際思い切って、外国人でいこうと思うんだ」

「たとえば？」

「実現するかどうかは別として、名前だけ挙げていけば、たとえば『ラストエンペラー』のベルナルド・ベルトルッチ」

「実現しそうもない名前を挙げてもしょうがないわね」再び欠伸。日焼けと夕方から飲み始めたシャンパンで、彼女はほとんど半眼でトロトロしている。

「当たってみなければ実現するもしないもわからないよ」

「だったら、『クレイマー、クレイマー』の監督にもぜひとも、当たってみて」

皮肉たっぷりに彼女が言った。

「要はだね」と俊介は本筋に戻した。「僕が言いたいのは、ディレクターと役者だけに芝居を作らせるのではなく、脚本家と音楽家と美術家と監督が同じ力と発言権を持って、作り上げていく世界のことなんだ。あなたの作品の、リッチなニュアンス、人間関係の機微《きび》、行間に流れる色彩といったものは、そうしていかないと、絶対に表現できないと思うんだ」

なんということだ、女流作家は、こっくりを始めている。俊介はキッチンに立っていき、山羊の煮え具合をチェックした。少なくともあと一時間は煮ないと、舌の上でとろけるような味にはならない。しかしそろそろ冬瓜を加えても良いだろう。大きめな角切りにして鍋《なべ》の中に放《ほう》り込む。ついでにアクを掬《すく》い取る。シャンパンを注いで居間に戻った。

女流作家はこっくりどころか、特大のバリ産の黒竹のソファーにうつぶせになって、すでに軽く鼾《いびき》などかき始めているではないか。

やれやれと、俊介は溜息《ためいき》をついた。どうやら山羊汁は一人で食べることになりそうだ。この分ではハスの葉の匂いのする肉体の方も、おあずけ。今夜は孤独なひとり寝の世界。彼は立って行って、夏掛け用のブランケットを持ってくると、女流作家の上にそっと掛けてやるのだった。

人魂《ひとだま》狂想曲

〈本日のメニュー〉

人魂の三杯酢

人魂の和風ステーキ

前章に引き続き、ヨロン島で執筆中の女流作家、廻燿子を取り上げたのは、不首尾に終わった第一夜の憤懣《ふんまん》やる方ない大西俊介に、巻き返しのチャンスを与えてやりたいという作者の親心でもあった。

さて、真夜中にひとり、山羊汁《やぎじる》を食べるという孤独な夜を俊介が送った翌日は、またまた快晴。窓から容赦なく差し込む南国の太陽光線のせいというよりは、キッチンの方から盛んに聞こえて来るガチャガチャという生活音に無理矢理に眼《め》を覚まされた大西俊介。眠い目で腕時計を見ると、なんとまだ六時にもなっていない。

もうひと眠りと思って眼を閉じたが、キッチンからの音はいっそうエスカレートするばかり。トントンと何かを刻む音。ジュージュー油の焦げる音。沸騰するヤカンの音。その上、廻燿子の鼻唄《はなうた》までがそれに混じる。

やがて、ベーコンの脂の匂《にお》いがドアの下の透き間や、壁にくりぬかれた窓にはめこんだブラインドの間から流れこんで来る。

俊介は鼻をひくつかせた。胃袋に訴えられてはひとたまりもない。しかし今朝だけは食欲のせいではない。昨夜のヤケ酒のせいで強烈な二日酔いなのだ。ベーコンの匂いで胸が焼け、胃は吐き気で痙攣《けいれん》し始める始末。

「お早《はよ》う！」

と彼の姿を見ると陽気な声で燿子がキッチンから声をかけて来た。陽気すぎてコメカミに刺しこむほどだ。

「早くから元気だね」と皮肉を言っても全く通じない。

「今朝はお腹《なか》が空《す》いて眼が覚めたのよ」昨夜は夕食も食べずに寝てしまったのだから当然だ。

「僕はまた、お年のせいで早起きなのかと思ったよ」この皮肉も通じない。

「そっちこそ早いじゃない。どうしたの？」

フライパンの上から、チラリと彼の方を眺めて燿子が言った。

「何よ、その死にそうな顔」

「事実、死にそうなんだ」

と俊介はトイレに向かう。

「それはまたどうして？」と彼女の声が追う。

「おたくのせいで！」

大声を出したので頭痛と吐き気でグラッと躰《からだ》が揺れた。

トイレで胃袋の掃除を済まし洗顔をし、彼女の化粧棚からアスピリンを二錠失敬して水と共に飲みこむと、彼は居間に戻った。窓の向こうは信じられないような珊瑚礁《さんごしょう》の青さ、明るさ、陽気さ。彼はぐっとめまいに耐えた。

「ところで、ベーコンエッグ食べる？」と燿子の声。

「いらない」

「トーストは？」

「朝食は食べない主義なんだ」

「美容のため？　コーヒーもいらない？」

「コーヒーは頂く」

「お肌に悪いわよ」

と言いながらも二つのカップにコーヒーを注ぎ、そのひとつを俊介に手渡した。

それを手に、彼は朝陽《あさひ》の中に、出て行く。風がまだ夜の冷たさを残している。裸足《はだし》の足の裏に、露で濡《ぬ》れた芝生の感触が、気持良い。

「ひとりで食べさせるつもり？　相手してくれないつもり？」とキッチンの窓から大声で彼女が訊《き》いた。

「おあいこだよ。昨夜は僕は誰《だれ》にも相手してもらえず、独りで山羊汁を喰《く》ったんだ」

「別にかまわないわよ。石原慎太郎《いしはらしんたろう》のエッセイにつきあってもらうから」

と彼女は、石原慎太郎直々に贈られたサイン入りの本を小脇《こわき》にはさみ、ベーコンエッグと二枚のトーストの載った大皿を片手に、コーヒーをもうひとつの手に持って、やはり日《ひ》射《ざ》しの下に出て来ると、白いガーデンテーブルにそれらを置いて、一人朝食を始めた。

静かであった。時々、彼女がカリカリと咬《か》むトーストの音と頁《ページ》をめくる音がする他《ほか》、実に気持の良い朝の静寂がしばらく続いた。

「ちょっと」

と、女流作家の声が静寂を破った。「ちょっとあなた、ここのところ読んでみて」

彼女の数ある欠点の中でも最悪なのが、その命令調の喋《しゃべ》り声だ。朝も昼も夜も、多分ベッドの中でも、同じ命令口調で喋るのだ、きっと。江戸っ子なのだが、女の江戸っ子というのは色気がないものだ。彼女の書くヒロインと、彼女自身は似ても似つかない。

彼女の小説に出てくるのは、いわゆるいい女たちなのだ。燿子は、そのいわゆるいい女の分類には入らない。

にもかかわらず男を魅《ひ》きつけるものがあるのだ。男なんて歯牙《しが》にもかけないような、超自立した女なのにもかかわらず、時々どこかおそろしく頼りなげな風情を漂わせる。この女の側《そば》にいて、めんどうをみてやり守ってやりたいと男に錯覚を起こさせる一瞬がある。

その朝のその一瞬、俊介はそれを感じた。燿子は色気のない眼鏡をかけ、化粧気もなくパサパサの髪で、一心に本を読みふけっており、その肩のあたりに痛ましいばかりの孤独感が滲みだしていた。近づいて、彼女の指さす個所《かしょ》を彼は読み始めた。

「どう思う？」と彼女は下からすくい上げるような眼をした。人魂《ひとだま》の話らしい。

「しかし人魂ってのは、燐《りん》とかそういう類のガスじゃないのかね。トンボ捕りの網でつかまえるなんて、信じられないよ」

「いくらでも獺《と》れたって書いてあるわよ。終《しま》いには飽々して、沼に捨てたって。石原慎太郎が嘘《うそ》書くわけないでしょ」

俊介は先を読んだ。女が車を運転していて、人魂に遭遇したという別の例だ。向こうからまっすぐ飛んで来た人魂が、なんとフロントガラスに衝突した。たちまち視界が悪くなったので車を止め、ティッシュで拭《ふ》いた。それでもきれいにならないのでガソリンスタンドで、洗わねばならなかったという体験話である。

「石原慎太郎はつまり、人魂ってのは何かこう、水の入った風船みたいに、ブヨブヨしているっていいたいのかな」

俊介は首をひねった。

「あるいはうんと柔らかいコンニャクみたいなものなんじゃないかしら」

「中はトロリとした液状だな？」

「クラゲみたいなものかもしれないわね……外皮を刻んで三杯酢にしたらいいかもよ」

「人魂の三杯酢とは恐れ入った発想だ」

「あとは厚目にスライスして、コンニャクのステーキみたいに焼いたらどうかしら」

「焼き上がりぎわに醤油《しょうゆ》をじゅっとたらす?」

俊介も悪ノリしてそう言った。

「じゃ夕方行ってみる?」

「行くって、どこへ?」

「お墓よ、きまってるでしょ」

「墓へ何しに行くの?」俊介はきょとんとした。

「人魂猟りに行くのよ、トロイわね」

「本気なのかね」あいた口の塞《ふさ》がらない俊介。

「トンボ捕りの網はないけど、裏庭の池のゴミを掬《すく》う網があるはずよ」

それできまり、というように、女流作家はガーデンテーブルの上の朝食を片づけ始めた。

「悪いけど、あなた適当にやってて。私、夕方まで原稿書くから」と言い残すと、石原慎太郎のエッセイ集を小脇に家に入っていった。

*

適当に過ごすために、彼は午後からスキューバダイビングに行き、ヨロン島の美しい海底を満喫した。燿子の別荘に戻り、昨夜の寝不足とスキューバの疲れをいやすために、夕食前に少し眠っておこうとデッキチェアに横になった。

眠ったかと思ったら、揺り起こされた。驚いたことに、数分のつもりが二時間近く眠りこんだらしい。燿子がゴミ掬い用の網を手に笑っている。あたりは黄昏刻《たそがれどき》特有の蒼《あお》さに包まれている。太陽はとっくに沈んでいた。

「そろそろ人魂のお出ましの時刻よ」

「やっぱり本気なんだ」

「あたしはいつでも本気」

片手に網、片手にバケツで歩き出す彼女。

「そのバケツをどうしようっていうの」

「捕えた獲物を入れるんじゃないの、バカね」

「怖くないのかね」女流作家の後から渋々ついて歩きながら、俊介が呟《つぶや》いた。

「あなた怖いの？　なんなら残ったら？　あたしは一人でも行くわ」

「わかったよ、行くよ」

昼と夜が交替する時間だった。夜の粒子が段々多くなっていく。防風林のシルエットが黒々と浮かび上がった。

墓地は、海岸に近い防風林の内側に建てられている。ウォーターフロント時代には、特等地だ。燿子の別荘から歩いて七、八分。サトウキビ畑のむこうに、墓地が見える。

月がまさに水平線から昇って来ようとしていた。それまで暗闇《くらやみ》の中に沈んでいた墓々が、月光で白光りする砂の上に、浮かび上がった。仄白《ほのじろ》い燐光《りんこう》のように輝く夜の砂の上に浮かび上がる墓地風景、なかなかの迫力ものであった。

「ちょっとシュールな眺めじゃない？」

あい変わらず色気のない声で、彼女が言った。

「出そうもないね」と俊介。

「雨が降っている夜の方が、出やすいかもね」

「第一、女流作家が網を持って待ちかまえていちゃ、出るものも出にくいよね」

小一時間が過ぎた。墓に囲まれて、やはりあまり良い気分ではない。

「まさか、一晩中待つつもりじゃないだろうね」

見上げると満天の星だ。そして満月。ロマンティックであるべき状況のはずが、二人は墓地で人魂のお出ましを待っている。四十近い男と四十を幾つか越した女のやることとは、とても思えない。

「ねぇあなた、前にメセナのことで何か言ってなかった？」と唐突に燿子が言った。「あの件、どうなってるの？　少しはいい方向に進んでるの？」

「ゴルフやテニスの国際トーナメントや外タレのコンサートには何千何億も使うくせに、無名のアーティストにはビタ一文も出そうとしない。それが現状」

俊介は苦々しく言った。

「そうなの……」と何か考えこむふう。

「今、日本がそれをやらなかったら、近い将来、世界中の嘲《わら》いものになるよ。日本人には真の意味の慈善の精神が欠落しているとしか思えない」

「具体的には、あなた、何から手をつけたいの？」

「バルセロナのサグラダ・ファミリア教会。昔流の石をたんねんに彫って積み上げていくための予算がゼロに近いんだ。コンクリートでやっちまうなんてバカな方には、どんどん金が注ぎこまれているのにネ。バルセロナ・オリンピックめあてなんだ。ガウディの精神を受けついで完成されるにはそれなりの組織と、優秀なアーティストと、金が必要なんだ」

「でもなぜ、今サグラダ・ファミリアなの？　なぜ、スペインの未完の教会に、日本人がお金を出さなければいけないの？　日本にだって優秀なのに無名なアーティストはたくさんいるわ。現に私の知っている男性ダンサーは、日本のジョルジュ・ドンといえるくらいの鬼気迫るような才能を持っているけど、食べていくために、カフェバーで働いているわ。あるいは、才能あるピアニストが防音装置が作れないために充分な練習ができなくて苦しんでいる。それなのに、なぜバルセロナなのか、そのあたりのことを、俊介、説明してくれなくちゃだめよ」

「ガウディの精神を受けついで、がんばっている男がいるんだ。今井田という日本人なんだ」

「少しわかったわ。その男のひとに、惚《ほ》れたのね、あなた」

「一口に言えばそう」

なるほど、と燿子は少し考えこんだ。

「安易にはうけおえないけど、私なりに調査して、どこかで書いてみるわ」

そして溜息《ためいき》をついて腰を上げた。「出そうもないわね、人魂。今夜のところはこれくらいにしておきましょう」

「今夜のところって、まさか明日の夜もまた試みるつもりじゃないだろうね」

「ところが、そのつもり」ケロリと彼女が答えた。

「お腹空いちゃった。夕食は何なの？」

「バジリコのスパゲティーってのはどう？　それとトマトのピリ辛スープ。レタスにアンチョビ風味イタリアン・ドレッシング」俊介はスラスラと答えた。スキューバダイビングに出かける前に、下ごしらえしてあるのだ。

「ちょうど良かった、そのバケツ貸して」と俊介は彼女の手からバケツを取り上げた。そして海辺に歩いて行くと、波打ち際で、海水をバケツ一杯汲《く》み入れた。

「そんなもの、どうするのよ」

「スパゲティーをゆでる」

「海水で？」

「今ひらめいたんだ」

「絶対に塩辛すぎるにきまってるわ」彼女は断固として言った。

「いや、イタリア人はよく言うんだ。海水程度の塩水でゆでるべきだって」俊介も断固として答えた。

やるとなったらやらねば気がすまない俊介なのだ。深鍋《ふかなべ》に海水を並々と入れ、沸騰させる。幸いヨロンの海水はこの上もなくきれいだ。その間にスープを温め、イタリアン・ドレッシングの方を作る。燿子がいそいそとテーブルをセッティングする。いそいそと手伝うのは空腹だからだ。

沸騰した海水に、バラバラと二人分のスパゲティーを落としこむ。12番の太さだから、十分はかかる。しかし時計より、眼と、指と歯ざわりで確かめるのが大切だ。

バジリコの葉は大量に刻んである。ニンニクのミジン切りをタップリのオリーブ油で炒《いた》めたものが、こんがり狐色《きつねいろ》に仕上がっている。アルデンテのスパゲティーをそれらで素早く和《あ》える。バジリコで緑色に染った一品が出来上がる。

二つの皿に盛り分ける。女流作家はフォークを片手にすでに待機の構え。

「どうぞ！」

俊介もテーブルに坐《すわ》り、フォークを持つ。燿子がクルクルとスパゲティーを巻きこみ口へ運ぶ。

「ん！」かろうじて吐き出す醜態を避け、彼女は口の中のものを、呑《の》みこんだ。たちまち眼に涙が浮かんでくる。

「塩っからーい！」

慌てて俊介が味を見る。

「何よこれ、海水そのものじゃないの！」

容赦のない声で女流作家が喚《わめ》いた。ますます嫌な声だ。

「だから言ったじゃないの、絶対に塩辛すぎるって。人の忠告に耳をかさないのが、あなたの悪いところよ」

二度とその容赦のない声を耳にしたくないと思った。心をこめて作った料理をけなされることほど料理人の傷つくことはないのだ。なぜなら、その失敗ですでに彼は充分に傷ついているからだ。

「きみと僕とでは」

と俊介は押し殺した声で言った。「ものごとに対するスタンスが決定的に違うんだよ」

ふっと、女流作家が黙った。そう言ってしまってから、俊介は自分の舌が喉《のど》に向かってめくれこんでいくような後悔と自己嫌悪に襲われた。自分の失敗の責任を、相手になすりつけるような責任の転嫁は、卑劣な行為だ。彼は惨《みじ》めだった。

驚いたことに、廻燿子は、皿の上の塩辛スパゲティーを食べ始めた。黙々と食べ、三分の一だけ残してフォークを置いた。そして俊介を見た。優しい眼《まな》ざしだった。

完全に俊介の敗北だ。彼にはとうてい食べられない。塩辛くて脂汗と冷や汗にまみれてしまう。降参だ。

「ごめんなさい」と、ペコリと頭を下げた。

「いいのよ」と、彼女はふと手を差しのべて彼の髪を撫《な》でた。姉か、そうでなければ母親のような仕種《しぐさ》だった。慰められると同時に哀《かな》しみが彼を襲った。姉か母親みたいな眼をしている女をベッドに押し倒すわけにはいかないではないか。

またまた俊介、一人寝の夜となったのである。

＊

その夜、彼は夢を見た。人魂の三杯酢と、厚切りステーキの夢だ。料理が食卓に並んだとたん電話が鳴りだす。バルセロナの三枝和子からだ。和子のお喋りが延々と続く。その間に、女流作家が人魂の料理をどんどん食べてしまう。電話がまだ続く。彼は苛々《いらいら》する。人魂料理はきれいさっぱり女流作家の胃袋におさまってしまう。そこで彼は眼を覚した。いつも同じパターンだ。夢の中で何かに手が届きそうになるが、結局届きそうで届かない。夢の中で食べそこねたので、人魂の味は永遠に俊介にはわからない。彼は寝返りを打って溜息をついた。

サティスファクション

〈本日のメニュー〉

筍のくわ焼

筍ご飯

若竹汁

肉じゃが

〈本日のデザート〉

川中真美（ミュージシャン）

シンガー・ソングライターの川中真美《かわなかまみ》と、大西俊介を結びつけたのは、キース・リチャーズの微笑だった。

それは、来日したローリング・ストーンズの最後のライブの時だった。彼らは十回ライブを披露し、俊介はその全部に足を運んだ。好きなんてそんな生やさしいものじゃない。デビューした時から二十七年間、彼はストーンズの熱烈なファンだった。ストーンズと共に成長し、悲しい時も楽しい時も辛《つら》い時も、彼らの音楽が常に彼を支えてきた。

だから、一九七三年に来日が予定され、徹夜で並んでチケットを手に入れたのに、ドラッグ所持による逮捕歴を理由に入国を拒否された時には、もうがっかりしたなんてものではなかった。税関を憎み、日本国を憎み、自分が日本人であることさえも憎んだ。

ストーンズ・ファンは、何もかも許しているのだ。ジャンキーであろうと、セックスや暴力のレッテルが貼《は》られようと、彼らに対する愛は変わらないのだ。

というわけで、ありとあらゆるコネクションを総動員して、十回の公演のチケットを全て手に入れたのだ。新聞雑誌はこぞって彼らのことを書いた。その報道の全てに対して俊介は腸《はらわた》が煮えくりかえるような気持を抱いた。ただ誉《ほ》めればいいというものでもない。ローリング・ストーンズを愛していないものが何を書いたってだめなのだ。第一に、ロックが音楽だという基本的な認識さえない。

とにかく嵐のように過ぎた日々だった。公演《ライブ》のあった夜は興奮のために一睡もできなかった。突然に恋に落ちた十代の若者みたいに落ち着かず、たえず何かに突き動かされて食欲も湧《わ》かなかった。最後には三キロばかり痩《や》せ、喉《のど》はすっかりやられてカソコソとした声しか出なくなった。

その最後の夜、大西俊介は腹の底にずっしりと悲しみを抱えて、ライブにいどんだ。今夜で終わりなのだ。始まりがあれば終わりがある。出逢《であ》いがあれば別れは必ず訪れる。思えば、一回目、二回目と過ぎてしまったローリング・ストーンズのライブが、あれほどまでに輝かしい興奮に包まれたのは、すでにその時、終わりを、別れを、内包していたからではないだろうか。

と、彼は年がいもなく感傷的になり、嵐のような、津波のような拍手の中で、茫然《ぼうぜん》自失していたのである。

すると、その時である。ミック・ジャガーの肩に片腕を置いてキースが舞台の上から笑いかけた。その笑顔のなんというイノセンスなことか。野生のしたたかさと無垢《むく》とが同居した不思議な魅力。俊介は胸を鷲掴《わしづか》みにされたような気がした。

「ね、今の見た？　見た、見た？　キースの笑顔見た？」

突然隣りにいた若い女が、俊介の腕を摑んで揺さぶったのだ。

「ね、今の見たでしょ？　キースの顔見たでしょ！」

すごい興奮ぶりだった。そういえばライブの間中、ずっと隣りで踊ったり叫んだり悲鳴をあげたりしていた女だ。俊介の腕を摑む手が震えている。

「さっきもチャーリー・ワッツと顔を見合わせて微笑《ほほえ》んだでしょ」

泣きそうな顔だった。おそろしく派手な服装とどぎついメークアップなのに、とても小さな頼りなくも無防備な女の子のように、その一瞬間、俊介の眼《め》に映った。

「見たよ、見たとも」

二人はそこで無我夢中で抱きあって、感激を分かち合い、意味もない言葉を連発した。

「あたし絶対忘れない。キース・リチャーズの微笑を一生忘れない」

「僕もだ。キースの微笑をずっと覚えていようと思う」

抱擁を解いても、彼女は震えていた。躰《からだ》がふらふらしていた。支えがいるみたいだった。

「あたし、倒れそう」

そして、俊介の腕にぐったりと身をまかせた。

と、彼は彼女に言った。

「送っていくよ」

一時間後に、彼は彼女の部屋にいた。興奮は続いていたが、飽食の後のように、虚《むな》しかった。祭りのあとのように淋《さび》しかった。

「あたし、全部聴いたのよ」

サザンコンフォートを飲みながら彼女が言った。

「僕もだ」

「〝サティスファクション〟最高だったわ」

彼女はまだとても若かった。超ミニのスカートから伸びている太もものたくましさが、まぶしいほどの若さだった。ふと俊介は、違和感を覚えた。この若い娘と、自分とが、果たして同じものに感激できるものだろうか。

「キースがギター・リフでいきなり始めたでしょう。あれって最高にセクシーよね」

「うん、曲に揺さぶりをかけてたよね」

本来、ドラムやベースが支えるリズムを、挑発するようにキース・リチャーズのギターがリズムできりこんでいくのを、耳によみがえらせながら俊介が同意した。

「〝ブラウン・シュガー〟のイントロのリフをわざと弾かないで、ロニーとお喋《しやべ》りしたりして、ミック・ジャガーを怒らせてたわね。ミック・ジャガーって、意外に神経が細いのかもね」

「聞いた話だけど、本番前の楽屋で震えてることがあるそうだよ」

「ミックが？　ほんと？」

「イントロが始まっても、震えていて出て行けないことがあるって聞いたけどね」

ライトに照らし出され、観衆の歓声に包まれ、彼はそこで初めてスターに変身する。

「わかるな、すごくよく」

と彼女が呟《つぶや》いた。「あたしもね、ライブの直前、普通の二十一歳の女の子になっちゃうの。気が弱くて神経質な臆病者《おくびょうもの》。水飲まされ、スタッフに背中を押されて、やっと出ていくのよ。でもね、ライトの熱気と、客席からの人の熱気を浴びると、川中昌子《まさこ》が川中真美に変身していくの。だから、よくわかるわ」

その時初めて、俊介はその娘がプロのミュージシャンだと知ったのである。

ボトルがほとんど空になっていた。どこか遠くで、パトカーのサイレンの音がした。

「何かほかのもの、飲む？」と彼女が訊《き》いた。

「いや。そろそろ帰ろうと思う」

「あたしを口説かないの？」

お酒を飲まないの、というのと同じくらいの気楽さで、彼女がそう訊いた。

「さっきまでは、そのつもりだった」と俊介は優しく答えた。

「どうして気が変わったの」

「どうしてかな。きっと、きみのことが好きになったからかもしれない」

「変なの」

「それにさ、今夜きみは、僕を欲しいわけじゃない。ローリング・ストーンズに興奮しているんだ」

「キース・リチャーズの微笑にね」

「そういうこと」

と大西俊介は腰を上げ、真美の髪に触れた。

「今度、キースやミックの御利益なしに、きみを口説くことにするよ」

「あなたって、変わってる。でも、いい人みたい……」

川中真美は、きらきらとした眼をして言った。その眼はまだキースの微笑をどこかに見ている眼だった。大西俊介は一瞬キース・リチャーズに嫉妬《しっと》を感じた。

さて、あの夜から三カ月たった春の夜、川中真美は筍《たけのこ》づくしの食卓で、俊介の手料理を食べている、という図になるわけである。

ボブ・マーリーそっくりのヘア・スタイル。超ミニのバックスキンのツーピース。手首にサソリの小さな入れ墨。吟醸酒の一升瓶がなくなりかけている。彼女は年に似合わず相当な酒豪だ。

「あなたって、一見するところ、何もかももっているひとみたいね。その上お料理も出来るし、きれい好きだし」

筍の輪切りを、箸《はし》で崩しながら、真美が言った。

「でも足りないものがひとつだけあるわね」

「そうかな」

「そうよ。お嫁さん。どう、あたしなんて？」

「じゃ今夜結婚しようか」

「真面目《まじめ》に言ってんのよ、あたし」

「僕だって真面目さ」

「今夜だけでなく、ずっと結婚するっていうのは？」

「ずっとっていうのは、自信ないなあ」

「なぜ？」肉じゃがを小皿に取り分けながら真美が訊く。

「ずっと愛され続ける自信がないんだよ。きっと僕のこと飽きて嫌になって、捨てると思うよ」

「それはその時のことじゃない。やってみなくちゃわからないわよ」

「じゃ、今夜、手始めに、ちょっとだけ試してみる？」

「ちょっとだけ？　予防線張っちゃって」真美はもう一度筍を突っつきながら言う。「これって美味《おい》しい！」

「口にあって、僕もうれしいよ」

吟醸酒を注《つ》いでやりながら、俊介が微笑んだ。

「あ、今の微笑……」

「ん？」

「キースに似てる」

それを言っちゃいけない。何もかもぶち壊しになる。キースは禁句だ。キースの御利益はご免なのだ。

「ああ……キース」

真美がせつなそうに溜息《ためいき》をつく。「今頃《いまごろ》、どこで何してるんだろうなぁ」

「二日酔いでゲロ吐いてるかもしれないよ」

つい意地悪を言いたくなる俊介だった。

「いいのよ、ゲロ吐いても。彼の全てが好きなんだから。彼って優雅なのよ。現代的な優雅さなの」

「おならもするし、ウンチだってするんだぞ」

ガックリしながら、俊介は若者みたいに、抵抗を試みた。けれども真美は歯牙《しが》にもかけない。

「彼って、永久に自分自身を探し求めてるようなところがあるでしょ。永遠に満たされないようなところが。〝サティスファクション〟て曲自体が、そうなのよね」

「サティスファクションなら、僕がきみにあげるよ」

「一夜だけのでしょう?」

不意に現実そのものの口調で真美が言った。俊介は慌てて、ぐい呑《の》みの中味を喉に流しこんだ。

「でも真美、その若さで本当に結婚願望なんてあるのかね」

と、俊介は改めて訊いた。

「そりゃあるわよ、女ですもの」

「水を差すつもりはないけどさ、まわりを見回してごらんよ。世間に、いい結婚なんてものの例がひとつでもあるかな」

「立派に水差してるじゃないの」二つめの筍のくわ焼きに挑戦しながら真美が彼を睨《にら》んだ。

「結婚てのは、何もかもすりへらしちまうもんなんだよ。愛も、ユーモアも、才能も。最初は確かに存在したキラキラするものや、ドキドキするものが急速に色褪《いろあ》せる。それが結婚さ」

「結婚したこともないのに、どうしてそんなに確信があるの?」

「歴史的事実ってやつさ」

「好きなひといないの?」

「いるよ」

「そのひとも、あなたを好きなの?」

「多分ね」

「そのひと、結婚したがらない?」

「僕以上にしたがらない」

「どうして?」

「彼女は彼女で、自分のことだけで手一杯だからさ。それと彼女の患者《クライアント》たちのことで」

「淋しくないのかしら」

「なぜだい?　僕がいるというのに」

「その僕ときたら、手料理を餌《えさ》に他《ほか》の女を口説いている。ひどい話ね」

「でも、彼女を裏切っているわけじゃないよ」

「今のところはね。でもあたしがもしもよ、もしも仮りにあなたの望み通り一夜だけの結婚に同意したとしてよ、もしも今夜泊まっていったらどういうことになるのよ?」

「ずいぶんもしもが多いんだね」と俊介は笑った。「その質問に答えよう。もしもだね、そのようなことになったとしても、彼女はそれを裏切りとはとらないと思うよ」

「へえ!　ほんと!」

　パタリと箸を置いて真美が大きな声を出した。

「そんなの信じないわ、絶対に」

「じゃ、本人に訊いてごらんよ」

いともあっさりと言って俊介は立って行くと、部屋の隅からコードレスの電話を持って来て、恋人のセラピスト山口奈々子の番号を回した。相手が出る。

「あ、もしもし奈々子？　僕。実は今ネ、女の子が一緒なんだけど、口説いたらきみに悪いって言うんだ。ちょっと話してくれる？」

いきなり受話器を渡され、真美はドギマギしながらそれを耳に押しつける。そして、じっと相手の言葉を聞き、やがてそれを俊介に返す。

「じゃまたね。ありがとう。ティ・アモ」と彼は電話を切った。

「彼女、何って言った？」と真美に訊く。

「純粋に生物学的欲望から出た発想で二人が合意の上なら何ら問題ないですって。なんなのよ、これって⁉」

「翻訳するとね、僕がハッピーなら、彼女もハッピーだってことだよ」

「そんなのってある？　あたし気持悪い」

真美は急に立ち上がるとハンドバッグを取り上げた。「なんだか食い逃げみたいで悪いけど、あたし帰りたい」

「デザートがまだだよ」と俊介は笑いをこらえながら言った。

「いらないわ、ひとりで食べて」

階段を駆け降りながら、真美が答えた。バタンとドアが開いて、そして閉じた。

俊介はもう一度、山口奈々子の電話番号を回した。

「ごめん、仕事の邪魔して。でも助かったよ。彼女、みかけによらずロマンティックな女の子で、結婚願望が強くてね、危ないところだった」

「でもさっき私がその子に言ったことは、まんざら嘘《うそ》じゃないのよ」

「傷つくね。嘘だと言ってほしいよ、僕としては」

「その手で私を妬《や》かせようとしても、だめ。嫉妬は戦略としては最低よ。それより今日のお料理の出来はどうだったの？」

「悪くない。筍づくしのメニューだった」

「まだ残ってる？」

「もちろん、きみのために新しく作り直すよ」

「食欲が湧いて来たわ」

「性欲の方も湧くといいけどね」

「それはあなた次第ね」そして電話が切れ、俊介は再びキッチンの人《ひと》となる。ちょっと理屈っぽいけど、奈々子は粋《いき》で素敵な女だ。彼女を迎えるためにカセットをセットする。曲はもちろん〝サティスファクション〟だ。

〈今日の料理、筍のくわ焼の作り方〉

筍の固い皮だけ外し、糠《ぬか》と唐辛子を入れた水で、竹串《たけぐし》が通るくらいに茹《ゆ》でておく。さめてから、一・五センチの輪切りにし、ゴマ油（太白）をたらしたフライパンで、じっくり色がつくまで焼く。

醬油《しょうゆ》一に酒二分の一の割合で合わせたものを回しかけ、香りが充分に立ったら出来上がり。皿に盛りつけ、木の芽の刃たたきをたっぷりとふりかけ、熱々を食する。酒《しゅ》肴《こう》にも、熱いご飯にもぴったり。簡単で美味しい男の料理の一例。

朋あり遠方より来たる

〈本日のメニュー〉

ピータンとキューリの前菜

中華粥（鶏一羽丸ごと入り）

つけ合わせ＝腐乳、ザーサイ、香菜《コリアンダー》

油條《ユウヂヤオ》（揚げた中華パン）

〈本日のデザート〉

ティナ・張（スチュワーデス）

何時《いつ》になく引きしまった横顔を見せて、大西俊介は企画書を読み返した。彼の名誉のために言い添えれば、横顔が引きしまるのは、料理を作っている時と、女を口説いている時とは限らないのだ。

企画書は、「聖家族教会《サグラダ・ファミリア》」建設支援に関するキャンペーンで、延べ一年にわたる調査の末、三カ月かけて、彼が書き上げたものである。

――スペインは今、バルセロナ・オリンピック、セビリアＥＸＰＯ、コロンブス五〇〇周年、ＥＣ統合と、一九九二年にむけて激動期、活況の時です。

世界中の大企業が早くからこれに着目し、スペインのビジネスと文化へのコミットメントに積極的姿勢を示し――

すでにもう何十回も読み返した頁《ページ》をくっていく。

――スペインを戦略シードとして活用するポイントは、単なるイメージではなく、参加する対象を明確にすること。つまり、日本の海外進出のパワーが警戒、批判の槍玉《やりだま》に上がっている現在、そろそろ真の貢献とは何か、について考えるべき時がきている――

そして内容は、アントニオ・ガウディの「聖家族教会」建設支援計画へと続いていく。

ガウディのこのあまりにも有名な未完の教会。百年前に着工され、更にあと完成まで二百年はかかるだろうといわれているサグラダ・ファミリア。企画書はこう続く。

――この教会の建設スタッフの中に、ガウディと彼の建築に魅入られた一人の日本人彫刻家・今井田勲氏がいるという事実に、着目。私たちは、今こそ、この日本人のロマンと、ガウディの天才とその具体的な創造物である「教会」の建設継続を、支援すべき時ではないだろうか――

大西俊介の脳裏に、夜空に向かってそそり立つ、巨大なパイプオルガンのような建造物が浮かび上がる。そしてそれに重なって一人の長身の日本人の姿が。

「これは建て物じゃないんだ。最終的には巨大な石の楽器なんです。十八の尖塔《せんとう》にピアノの鍵盤《けんばん》と同じ数の八十八の鐘がとりつけられる。そしてこの聖なる石の楽器は、たとえ何百年かかろうとガウディの当初の意志通り石だけで作られるべきだと僕は思うのです」

今井田勲はそう言って、「御誕生のファッサード」を見上げた。そこにキリストの生誕の像を取り囲むように彫られている六体の楽器を奏でる天使たちは、彼自身の五年にわたる汗の結晶だ。

その時、裏のファッサード「地獄の門」のあたりでは、巨大なコンクリート・ミキサーが唸《うな》り声を上げていた。何とかオリンピックまでに、「地獄の門」を完成させようと突貫工事が始まっていたのだ。

今井田勲は、あの時、自分では決して生きて聴くことの出来ない、八十八の鐘が創り出す偉大なオーケストレーションに聴き耳をたてるかのように、一瞬遠い眼《め》をした。あの彼の輝くような遠い眼《まな》ざしと、彫刻家としての力強くも美しい手を、ガウディの未完の教会と共に俊介は永久に忘れないだろう。一人の若い彫刻家の真摯《しんし》なロマンが俊介に取りついて、この一年余り彼を激しく揺さぶって来たのだ。大西俊介は、いたたまれないような、もどかしいような胸の疼《うず》きを覚えた。もうあまり時間がないのだ。

サグラダ・ファミリアは金の卵なのだ。世界中から、何らかの見返りをあてにして、資金が注《つ》ぎこまれている。すると金の匂《にお》いを嗅《か》ぎつけて巨大なコンクリート産業が介入し、現場は林立するクレーンと、コンクリート・ミキサーのルツボとなる。コンクリートは入って来る資金を片っぱしから呑《の》みこみ、湯水のごとく使ってしまう。ガウディの意志に忠実な昔ながらの石職人や今井田らは、カナヅチ一本、ノミひとつ買うのに苦労しているという、信じられないような現実を、俊介は自分の眼で確かに見たのだ。突貫工事の裏に、コンクリート派と、石派の闘いや葛藤《かっとう》があるのだ。

——ガウディ、サグラダ・ファミリア、バルセロナ・オリンピック、今井田勲といったキャンペーンソースにより、イベント、TV番組、CFへの活用、企業PRその他の展開の可能性は、無限である——

そこで俊介はパタリと企画書を閉じ、宙を見据えた。午後の社内は、人が出払っていて静かである。窓からは五月晴《さつきば》れの蒼空《あおぞら》が見える。それなのに彼の胸は突然に黒雲に覆われてしまい、ひどく憂鬱《ゆううつ》なのだった。

ＴＶカメラが入りこみ、ＣＦだ、番組だ、イベントだとふりまわされる今井田勲の姿が眼にちらつく。何がパトロネージなものか。結局はスポンサーの売り上げに利用することではないか。下手をすれば突貫工事とコンクリート側に手を貸すことにさえなりかねない。一人の純粋な彫刻家のロマンを利用して、金儲《かねもう》けに加担するのは耐えられない。

突然、俊介は企画書を丸めて握りつぶした。その瞬間一年と三カ月の歳月が握りつぶされた。痛みが全身をかけめぐった。彼は誰《だれ》かと話したかった。心の中をよくわかってくれる誰か。親友の三四郎の電話番号を回した。彼もまた奇《く》しくも彫刻家で、阿佐ケ谷《あさがや》のアトリエで石膏《せっこう》にまみれているはずだ。

「僕だ。例のバルセロナの企画だけどさ、やめた」

唐突にそう言った。

すると意外にも三四郎は「俺は、そう聞いても、別に驚かんな」と静かに答えるのだった。

「で、あきらめたのか？」

「いや、アプローチを変えようと思うんだ」

「というと？」

「ミケランジェロにメディチ家がいたように、あるいはガウディにグエル家が存在したように、無条件でパトロネージするのでなければ、ガウディの計画も、それを忠実に継承しようとしている今井田勲の小グループのロマンも、実現しないという点に気がついたんだ」

「つまり慈善事業かね。慈善は流行《はや》らんよ、俊介。うさん臭いだけだ」

「そうだな」と俊介は呟《つぶや》いた。

「で、どうするつもりなんだ」

「わからない」俊介は一瞬途方にくれた。

「今、僕にわかっているのは、この種のことは一介のテレビ企画屋が」と彼は自分を卑下して言った。「大企業のマーケッティングを通して金をねだる種類のものじゃないってことだけだ」

「そうだな」と三四郎が静かに電話口で同意した。「メディチ家を探せか」

「それも厳密には正しくないよ、三四郎。日本のメディチ家の方で、アーティストを発掘すべきなんだ。今井田勲を探し出すべきなんだ」

「しかし何も今井田勲だけがアーティストじゃない。世の中には、不運な天才はゴマンといる」

三四郎は俊介の痛いところを冷静に突いた。

「非常にエゴイスティックな言い方だが、僕は今井田が好きなんだ。彼のやっていることと、ガウディの建物が好きなんだ。ガウディの建物の中のどこにいても、懐かしくて、自分がとてもよく知っている空間のように居心地がいいところに魅《ひ》かれるんだ」

「それでいいのさ。パトロネージというのは、元来、エゴイスティックなものなのさ」

ふと三四郎が口調を変えた。

「で、バルセロナの今井田氏は、現実に何をやりたいのだね？」

「ガウディが残した膨大な資料を整理し、教会の精巧な模型を作る。それと、コンピューター・シミュレーションを駆使して、完成したあかつきにサグラダ・ファミリアが創りだす音を検証すること。そして更に切実に、石職人を養成して、たくさんの後継者を得ること。その三つのどれにも全く手がつけられていないのだよ。信じられないことに」

「ふむ」と三四郎は黙った。「それにさしあたって、いくら必要なんだ？」

「十億……、二十億――」

俊介はあいまいに答えた。

「それっぽっちか。じゃおまえが今井田氏のメディチになればいいじゃないか。偉いじじい様が残した軽井沢《かるいざわ》や代々木《よよぎ》の土地を処分すりゃ、それくらいどうってことない」

「三四郎、おまえ――」

と俊介は言葉につまった。そして猛烈に腹を立てた。「そんなこと言うんなら、おまえこそ、東京で売れもせず、糞《くそ》の役にも立たない石なんか彫ってないで、バルセロナの今井田勲の爪《つめ》のアカでも煎《せん》じて飲めよな」

「言ってくれたね、俊介。しかし一理ありだ」

三四郎は穏やかにそう答えた。たちまち俊介は後悔にかられた。痛いところを突かれて、親友を傷つける発言をしてしまった。更に耐えられないことには、三四郎はそれに腹を立てるどころか、一理ありだな、などと俊介を許してしまっているのだ。

「悪かった、三四郎……おまえの発言にも一理ありと認めるよ。僕にじい様の土地を手放す勇気があればだけど」

「だったら止《や》めとけ。あのな。パトロネージってものは、勇気でやるもんじゃないんだ。あれはシャレなんだ。粋《いき》な大人の遊びなんだよ、俊介。おまえには逆立ちしたって手の届かん世界だよ」

「少し安心したよ」

しかし、問題は、この企画を白紙にもどしたことだ。

「誰か探すことだな。企業のトップに非常に近い、あるいは彼らを個人的に動かせるある種の人物――芸術的な理解と造詣《ぞうけい》の深い――に、芸術家との橋渡しをしてもらう。誰かいるかね？」

二人は沈黙した。そして異口同音に一人の名前を口にした。

「三枝和子！」

和子の名がでると心がなごんだ。

「そうだ、週末、食事に来ないか？　和子を肴《さかな》に気炎を上げようぜ」

と、俊介は結んで長い電話を切った。

さて週末。なんとなく胃が疲れている。自ら苦労して作り上げた企画を握りつぶした痛手で、ガックリもきている。そんな時は中華粥《がゆ》にかぎる。

昨夜から解凍してあったアメリカ産の野生の雌鶏《めんどり》、ゲイム・ヘンなる握り拳《こぶし》大の鶏を丸々一羽ごと、鍋《なべ》に放《ほう》りこみ、カップ二杯ばかりの米を十倍の水と一緒に炊けばいいだけだ。火加減に注意し、三、四時間も炊けば、鶏からいいスープが出て絶妙の粥が出来上がる。

と、その頃《ころ》を見計らったように、ドアにチャイムの音。出てみると、スラリとした足と、きゅっと引きしまった足首。

「ハァイ！　ハゥアーユー？　お招きにあずかってうれしいわ」

きれいな歯並びを見せて笑っているのは、なんとスチュワーデスのティナではないか。

「お、お招き？」と俊介は眼をパチクリ。そうだった。三週間前に仕事でホンコンに行った帰りの飛行機の中で、口説いたことを思い出した。

「もちろん、待ってましたよ」と調子よくその場を繕い、「どうぞ。来てくれてありがとう」と中に招き入れた。

きゅっとしまった足首と、真白い歯と、こぼれるような微笑のおかげで、この二、三日来の憂鬱の黒雲が、俊介の胸から取り外される思い。すると食欲なども メラメラと湧《わ》き、ひきしまったティナの足首にかぶりつきたいような衝動も湧くのを抑えるのだった。デザートは最後のお楽しみ。今日のデザートは特上のペパーミント・ムースのようなティナ。キッチンに立ち、おかずの用意をする。腐乳をビンから移し、少し崩して小皿に盛る。中華粥と腐乳は、寿《す》しとワサビの関係。きってもきれない仲だ。

次に、ザーサイ二種。ひとつは素直に薄切りしたもの。もうひと皿はゴマ油で炒《いた》めて香りを添えたもの。

香菜《コリアンダー》もまた、欠くべからざる一皿だ。葉の部分だけつまみ、これは中皿に山のように盛る。油條《ユウヂャオ》は、オーブンで温め、ふっくらこんがり。

大きな古伊万里《こいまり》の鉢の真中に、鶏を丸ごと置き、ふつふつと沸騰している粥をその中に流しこみ、すかさずテーブルへ。

箸《はし》を触れただけで、ぽろりと外れる雌鶏の脚を関節から裂く風景は、なんとなくエロティック。食事はセクシーであるべきというのが大西俊介の持論である。奇しくもチャイニーズガールに中華の取り合わせとなった宴《うたげ》がひらかれた。

「オウ！　ヴェリグッド！」

一口たべて驚きと感嘆のこもったティナの第一声。お世辞ではないのがわかる。

「ほんと？」

「イエス。ヴェリ、ヴェリ、ヴェリグッド」

料理の味を誉《ほ》められるくらいうれしいことはない。ほとんど一瞬のエクスタシーだ。俊介の表情は中華粥と同じぐらい、とろけかかっている。

茶碗《ちゃわん》によそった粥に裂いた鶏をのせる。腐乳を混ぜこみ、ザーサイを散らし、最後に香菜をタップリのせ、大ざっぱに混ぜて、熱々をかきこむ。これまたエクスタシー。

「今度ホンコンへはいつ来るの？」

と甘い甘いティナの囁《ささや》き声。

「近いうちにぜひ」と、俊介も囁き声になる。

「その時は、きっと、あたしのアパートを訪ねてね。約束ね？」

「もちろん、約束するよ」

「こんなに上手にお料理作っておもてなしできないけど」

「良かったら料理は僕が引き受ける。きみはデザートの用意をしてくれればいいんだよ」

「それなら簡単よ。デザートのお好みは？」

大きな黒水晶のような瞳《ひとみ》が、じっと俊介をみつめる。

「デザートは、きみ」

久しぶりの科白《せりふ》を口にして、俊介は幸福感に包まれる。先週も先々週もその前の週も、デザートはおあずけだった。

「今夜のデザートも、きみだよ、ティナ」

ペパーミント・ムースのようなティナ。俊介の胸は期待で膨らんだ。

と、その時またドアのチャイムが鳴るではないか。

「あら、誰か来たみたい」と小首をかしげるティナ。

「変だな、誰だろう?」ふに落ちない表情で下へ降りてみると、

「カラン　コロン、朋《とも》あり遠方より腹空《す》かして来たる、飯できてるか」

と能天気にも口ずさみながら入って来たのは、三四郎ではないか。今となってはお邪魔虫の三四郎。

「なんだ、おまえ、タイミング悪いよ」

と招《よ》んでおきながら、憮然《ぶぜん》となる俊介。

「どう悪い?」

土産のつもりか、スーパーのビニール袋を俊介に押しつけながら、三四郎が訊《き》いた。

「状況が変わったんだ」

「しかし俺の方は、ぜんぜんかまわんよ」

と勝手知ったる他人の家に、ずかずか上がりこんだ。

「やや、異国の美女」

とティナ嬢を見て溶けかかったバターのような表情になる三四郎。

「ハァイ」と、なぜかティナの表情も溶けかかったバターふう。三四郎の顔の上の無精髭《ぶしょうひげ》が、ことの他お気に召した様子。

「これ僕の悪友の彫刻家。裸の女ばかり彫っている男」

と仕方なく両者を引き合わせる。

「オウ、アーティスト！」

と輝くティナの眼。

「いつかモデルになってもらいたいなぁ」

ずうずうしくも言ってのける三四郎。

恥かし気に笑うティナも、まんざらではない風景。なんだ、なんだ、なんだというのだ。

むしゃくしゃと俊介は、三四郎から手渡されたスーパーのビニール袋の中味をテーブルに並べたてた。トマトケチャップにトンカツソース。それとアルミホイルに入ったホッカホカの白飯。

「そうかい、そうかい、三四郎。おまえ、中華粥にケチャップとソースぶっかけて食おうっていうんだな」

二重に侮辱されたみたいな気分だった。

「怒るな、俊介」

と三四郎は涼しい顔。「こないだ食わされた料理の味が少々足りなかったんで、念のためだ」

「おまえなど、二度と食事に呼ばないからな」

「この前も、そう言ったよ、おまえ」

そして三四郎とティナは、お互いの眼をじっとみつめあうのであった。デザートは今週もおあずけみたい。


〈俊介の独白《ひとりごと》〉

僕が好きな食べものは、中華料理とイタリア料理につきる。もっと正確に言えば、中華は四川《しせん》料理でなければならず、イタリアンはメリハリのきりっとした南の料理にかぎる。

別の言い方をすると、ゴマ油とオリーブ油の偏執的狂信者。その共通項は唐辛子とニンニクである。で、四川とイタリアンということになるわけだ。

そもそも、この二つの味を僕に教えてくれたのは、ルチアーノ。二昔も前のことで、二人ともまだ尻《しり》が青かった頃のこと。

ルチアーノは横浜のセント・ジョセフに通う、イタリアンと日本人のハーフ。一九六〇年代の後半、僕らがめいっぱい青春していた時代、毎週末のようにパーティーが開かれた。集って来たのは、ドイツ学園やセント・メリー、ＡＳＩＪ、セント・ジョセフの悪童ども。背のびをし、酒、タバコ、女、ケンカ、バイクといったお定まりの技に磨きをかけた時代。そして僕とルチアーノは、共通の食嗜好《しこう》で強く結ばれていた。

彼の父親が南イタリア出身で、料理が得意な男だった。実に気軽にキッチンに立って、スパゲティーなど手早く作ってくれたのだ。男がキッチンに立っても少しも格好が悪くないという原風景は、そのようにしてルチアーノのパードレによって僕の中に自然につちかわれて行った。

と同時に、イタリア料理に対する嗜好も、その時代にきまった。オリーブ油たっぷり、ニンニクたっぷり、赤唐辛子たっぷりの世界だ。

さて中華の方はというと、ハーフ顔に似合わず、ルチアーノは横浜の中華街にやたら詳しかった。で、彼はランペット、僕の方はスポーツ・カブと二台のチンケなバイクを、それでもめいっぱい吹かせて、よく行ったのがその中華街だった。というのも、年がら年中腹を空かせている年頃であったのと、常習的金欠病だったからだ。同じように安くて腹は一杯になっても、ハンバーガーやピザには見むきもしなかったね、二人とも。

北京《ペキン》、上海《シャンハイ》、福建《ふっけん》、広東《カントン》、四川と納得のいくまで食べ比べて、僕らが太鼓判《たいこばん》を押したのは四川料理だった。つまり辛いやつ。ピリッと辛くてゴマ油の風味の強いやつ。それ以来、中華の世界ではピリ・カラ・ゴマ油街道をひた走りしている僕なのである。ルチアーノと僕の舌をして、日本一といわしめたのは、「安記《あんき》」という汚《き》ったない店で、そこの中華粥だった。それも雷魚の刺身との取り合わせが最高だったのである。ガタピシいうガラス戸を肩で押して分け入り、床に寝転んでいる三匹の猫を、なれた足さばきでヒョイヒョイヒョイヒョイとクリアし、傷だらけで油でべとついているテーブルにつくやいなや、落着き払って、

「お粥二人前。雷魚の刺身つけてくれ」

なんていう僕らは生いきなガキだったわけだ。思い出すと冷や汗が出るけどね。

納得がいくまで通いつめて、中華料理の何であるかを、舌と胃袋に徹底して覚えこませた頃、ルチアーノとの別れがあった。彼は父親と共にイタリアに帰り、青春の共犯者ともいうべき他の連中も世界中に散ってしまった。青春時代と「安記」が遠のくと、僕の香港《ホンコン》通いが始まった。香港がまだコンクリートとガラスとアルミで覆われてしまう前の、リパルス・ベイ・ホテルが古き良きコロニアル・スタイルの風情と営業を保っていた頃の、市場や屋台や路地裏が活気に溢《あふ》れていた頃の、あの香港である。

そこで僕は、テントの下や路地の奥の奥まで入りこみ、土地の人と混じって屋台に座ったものだった。あの熱気と蒸気の世界。わいざつな喧騒《けんそう》と飽くことのない食欲の世界。あの空気の悪臭にしてエロティックな匂《にお》い。人間以外の生き物なんていなかった。犬も猫も、おそらく粥の中のミンチボールになっていたのだろう。あの狂気にも似たバイタリティーは、もはや今の香港にはない。横浜から足が遠のいたように、香港から僕の興味が薄れるのも、時間の問題だった。そして香港のコンクリート・ジャングル化は急ピッチで進んで行った。

というわけで、今回の香港行きは、久しぶりのことだった。別れた昔の恋人は、整形した上に厚化粧をほどこして僕をよそよそしく迎えてくれた。歩き回って探訪した美味の店も、失望の方が多かった。何かが違う。何を食べても似たような味だ。美しくはあっても、深みのない整形美人の味だ。香港の街と味とは、酷似していた。

帰途の飛行機の中、僕は元気がなかった。

「キャン　アイ　ゲット　ユー　エニシング、ミスター大西？」という声に顔を上げた。黒い瞳をキラキラさせたスチュワーデスの笑顔があった。

「じゃ、レッド・アイをもらおうかな」と僕は答えた。

「レッド・アイ？」小首をかしげる彼女。

「知らない？」

「ゴメンナサイね」

「じゃ教えてあげる。よく冷えたビールとトマトジュースとグラスをひとつ。他《ほか》にはタバスコとかきまぜるためのマドラーね」

ところで、と僕は彼女の名前を訊いた。「ティナ」

「実はね、ティナ、これはネ、本当はお目々真赤《レッドアイズ》の二日酔いの朝のための、飲みものなんだよ」

「二日酔いなの？　お目々は別に赤くはないようだけど」

「僕が酔ったのは、キミの魅力」

ついほんとうの事を口走るのが僕の悪いクセ。でもまんざらでもないようなティナの顔。

レッド・アイズを僕に教えてくれたのは、ルチアーノの恋人のイレーヌだった。二日酔いはもちろんだが、乾燥しきった気だるい飛行機の中では、ぴったりの飲みものだと、彼女が言ったのだ。

シート・ベルト着用のサインが消えると、僕は飲みものを片手に、ギャレーのティナを訪問した。

「試してみるべきだよ」と僕。

「どうして？」

「僕をレッド・アイズにした責任をとってくれなくちゃ」

「オーケイ」と一口飲んで彼女は言ったものだ。

「オウ！　ヴェリ、ヴェリ、ヴェリグッド」

で僕たちは友達となった。話題は香港のこと、失望した料理のことになった。

「失望して当たり前」とティナが言った。「香港の人、中国人じゃないもの。お金大好き人間だもの。大金もうけのためなら何でもするわ。広東料理が誰の口にも合いポピュラーってことになれば、みんな広東料理を作るようになる。これって経済の原則じゃない？　四川の出身の人たちまで広東料理を作っちゃうんだから、もう香港はだめよ。四川料理食べたかったら、私の故郷の台湾《タイワン》にいらっしゃい」

「ティナは台湾出身なの？」

「そう。台湾の人には誇りがあるの。四川から来た台湾人は今でも四川に誇りをもっている。だから四川料理を作るわ。私が案内してあげる。台湾にいらっしゃい。決して失望させないから」

「じゃまず、きみが僕の家においでよ」

と僕は心から招待したのだ。そしてティナは約束を守って訪ねてくれた。三四郎が思わぬお邪魔虫だったが。なに、台湾に行く時は僕一人、三四郎など連れていくものか。

雨降りかけて
地固まるの巻

〈本日のメニュー＝英国式朝食〉

しぼりたてのオレンジジュース

苺の生クリーム添え

仔羊の腎臓と玉ねぎのソテー

薄くカリカリのトースト（バター、ママレード）

濃いミルクティー

〈本日のデザート〉

山口奈々子

七時二十分、大西俊介は社に電話を入れ、仕事先から直帰する旨同僚に伝えると、公衆電話の受話器を置いた。

すでに辺りは暗くなりかけている。しかし初夏の宵《よい》の口で、夜はこれから始まろうとしていた。明日は金曜日なので花木《はなもく》連中が盛り場へとくり出して行く。

俊介にはその夜、誰《だれ》とも約束はなく、女に逢《あ》う予定もなかった。仕事上の会食が急にキャンセルになったので、予定をつけようもなかったのだ。

向こうから歩いて来る眼鏡をかけ大きなショルダーバッグを提げた若い女が、恋人の奈々子を思い出させた。似ているのは、眼鏡をかけ、大きなショルダーを提げているという二点だけなのだが、無性に逢いたくなった。今からタクシーを飛ばして行けば、ちょうど彼女の仕事が終わり、オフィスから出て来るところをつかまえられるかもしれない。

電話をかけようと咄嗟《とっさ》にあたりを見廻《みまわ》したがみつからない。探している間に時間がたってしまう。俊介は走って来たタクシーに右手を上げた。

八時まであと二分という危ないところで、四谷《よつや》三丁目の彼女の「セラピー研究所」に着いた。彼女が出てくるまで、三、四分。ビルのドアを眺めながら煙草《たばこ》でも吸って待つことにした。

吸殻が四、五本、足元に転がっても、奈々子は姿を見せない。診療《セラピー》の原則のひとつは、時間内に終わることだと、以前言っていた。喋《しゃべ》りたりない悩める人の心情にほだされていては、かえって逆効果なのだ。

後片付けをしているにしても、患者《クライアント》も出て来ないというのは変だ。俊介は柄にもなく苛《いら》立《だ》つのを感じた。

八時二十五分にようやく、奈々子が出口に姿を現した。白い麻のスーツを着て、本がたくさん入った重そうなショルダーを抱えている。顎《あご》を引き足早に歩く姿には、独得の優雅さがある。俊介はある種の感情の高まりを覚えた。誇らしくもあり、嬉《うれ》しくもあり、懐かしくてたまらない感じ。駆けて行って両腕の中に抱きしめ、キスの雨を降らせたいところだが、すんでのところで彼は自制した。

自制したのはここがパリやローマではなく、東京の四谷だからであったことと、奈々子が一人ではなかったからだ。背のひょろ長いよく日焼けした男が一緒だった。首の筋肉がさっとこわばる。奈々子は俊介に気づかない。たとえこっちを見たとしても、俊介がわからないだろう。彼女は超ド近眼なのだ。なのに眼鏡をかけていない。トール・ダーク・ハンサムが一緒だからだ、と俊介はかっとして思った。

二人は階段の途中で立ち止まり、話をしている。俊介は十までゆっくり数えた。彼女の顔の上の柔らかい笑顔が気に入らない。更に十数え、それから歩き出した。

「あら」

と、五十センチの至近距離まで顔を突き出した時、ようやく彼女は俊介の存在に気づいて、眼《め》を丸くし、それからパッと顔を赤らめて微笑した。なんと、彼女は顔を赤く染めたのだ。

「どうして来たの?」

それが批難の声に聞こえたのは、傍《そば》のトール・ダーク・ハンサムのせいで俊介が多少ひがんでいたのかもしれない。けれども彼は内心はともかく、そんなことは曖気《おくび》にも出さず、

「キャンドルライトでイタリアンというのは、きみの気をそそらないかね」

と、傍のハンサムは完璧《かんぺき》に無視して言った。

「どうして?」

気のせいか、彼女はハンサムを気にした。肩のあたりに漂うものでそれがわかる。

「明日から出張でね」顔を赤らめた真の原因を内心探りながら、俊介が答えた。

「どれくらい?」

「ちょっと長い。二週間以上かな。別れを告げる時間が欲しかったんだ。いけなかったかな?」

そこで初めて、こわい眼でトール・ダーク・ハンサムをにらんでやった。効果のほどは

わからない。

「それとも先約でもある？」

「というわけでもないけど」

チラッと傍のハンサムを見上げ、視線を伏せる奈々子。これで明らかだ。顔を赤くしたのは不意をつかれて、うろたえたからだ。後めたさが顔に出たのだ。伊達《だて》や酔狂でセラピストの恋人をやっているわけじゃないぞ、と俊介は胸の中で呟《つぶや》いた。

「恋人と、別れの夕食をするより大事なことかい」

じゃ、ボクはこれで、と若い男が言った。「あら、そおォ」と、奈々子は煮え切らない返事をし、

「じゃ、来週ね、続けなければだめよ。続けることが大事なの」

とつけ加えた。若者は、精神に病をかかえている者とは思えぬ軽々とした足取りで、階段を駆け降りると、左手に消えた。

「最後の言葉は、セラピストとしての冷静さを欠いていたんじゃないの？」

やがて並んで歩き出しながら、俊介が言った。

「認める」

彼女は少し考えて答えた。職業上の弱点を突かれて、かっとしない点はいつもながら敬服に値する。

「ついでにあなたも、キャンドルライトで恋人風吹かしすぎた点を認めなさい」

「認めるよ」

といったん反省しておいて、俊介が言った。「しかし、それは君が先に、アラこの男《ひと》何の用？　ってな態度を見せたからだぜ」

「それは認めない」

スタスタと歩きながら奈々子が言った。いつのまにか牛乳瓶の底みたいな眼鏡をかけている。

「それに、眼鏡なしの顔を、奴《やつ》に思う存分眺めさせた」

「アラブの女の人みたいに、夫に忠義だてて顔をかくす理由がないもの」

「しかし今は僕に対して顔をかくしているようなものだ」

「あなたをよく見るためよ、おばかさん」

そのおばかさんの一言に、彼女は何もかも見透かしているんだというようなニュアンスをこめる。

「さてと、とびきりのイタリアンへと、くりだすか」

俊介は照れかくしにタクシーを探した。

「なんのためによ？　出張なんて嘘《うそ》。二週間のお別れも口からでまかせのくせに」

「見透かされたか」奈々子には何でもわかってしまうのだ。「さすがセラピスト」

「それ違うわ」

と彼女が牛乳瓶の底のむこうからまっすぐに俊介に視線をあてた。「セラピストだからわかるんじゃないのよ。愛しているからなの」

「でも君は、あのトール・ダーク・ハンサムも愛しているよね」

「患者《クライアント》としてね」

「僕だって似たようなものかもしれない」

「そういう戦略は、あたしには通用しないのよ、残念ながら」

「戦略？」

「嫉妬心《しっとしん》のことよ」

「言葉の遊びは止《や》めてくれ。どうせセラピストの先生にはかないっこないんだ。そうさ、僕は嫉妬する。それは認めるよ。それが僕なんだ。僕の嫉妬を含めてまるごと愛してくれないのなら、それは手落ちというものさ」

「もちろん丸ごとよ」

穏やかに彼女は答える。その穏やかさがようやく俊介を落ち着かせる。

イタリアレストランで、彼女はカルパチョとバジリコのパスタを、彼は季節の白アスパラガスと子牛のレバーソテーを取った。

「今日は無口なのね」

キャンドルの向こう側で奈々子が優しい眼をした。眼鏡は外されて、バッグの中だ。

「満たされて充実しているからさ」

「違うって顔に描いてある」

「女に愚痴を言わない主義なんだ」

「それって、一種の差別じゃない？」

「訂正。男にも言わない」

「なら認める。恋人にならどう？　悩みを打ちあけたら？」

「しかし君はセラピストだ。一日中他人の愚痴ばかりでアキアキしている」

「それが仕事なのよ。お金をもらって聞くのが。だからアキアキなんてしないし、できない」

「じゃ金払おうか。君を退屈させないために」

「その場合、断る権利があるの。あなたに対してはプロとして接せない。愛しているから」

俊介は喉《のど》のあたりが少しだけこわばり、眼がわずかに熱くなるのを感じた。

「見えて来ないんだよ。方法論が。僕は今井田勲のことを言ってるんだけど」

「わかっているわ」

「それなのに、このところ仕事がやけに重なって、気ばかりあせるのに、何も進展しない」

「あなたがあせろうとあせるまいと、バルセロナで今井田さんは、コツコツ石を彫り続けているわ。そしてそれが一番大事なことなのよ。誰かがコツコツと着実に進めていくことが。私はそう思うけど」

俊介は奈々子を抱きしめたい衝動にかられたが、テーブルの上の手を握るのにとどめた。

「きみに愚痴ってよかったよ」

彼女は微笑した。独得の微笑だ。

「世の中に良いことがあるとして、その良き事を大勢の人が実現しようと本気でのぞみさえすれば、その本気のエネルギーが物事を推進していく不思議な力になる、ということを、信じる？」

「たとえばユリ・ゲラーがテレビから子供たちに、きみはスプ、ー、ンが曲げ、ら、れると語りかけて、日本中のあちこちでスプーンが曲がってしまったみたいなことだね」

「ええ、たとえばそう」

「ユリ・ゲラーを探さなくちゃ」

「あるいは、あなたでもいい」

「僕じゃないさ」

「どうして?」

「僕は超能力者じゃない」

「わかってないのね」

とまた奈々子はあの微笑を浮かべた。「男にはね、俊介。やらなければならないことを、やらなければならないって時があるの」

俊介は黙った。そして言った。

「きみってさ、生意気だけど、ステキだよ」

「あたし」

と彼女がちょっと小首をかしげて言った。「ほんとはもっとステキなことを知ってるの」

秘密を打ちあけるようにキラキラとした眼をして、続いて囁《ささや》いた。「これからまっすぐ代々木上原《うえはら》のあなたの家に行って、ドアを後手に閉めたらすぐに始めるのよ」

「服のままでかい?」

「もちろん」

「下着はどうする? 下着をつけたままかい? それとも奈々子、今日は下着をつけていない?」

「それはいずれわかることだわ。あなたが調べることだもの」

＊

下着の件は少しして明らかになった。そのことについては大西俊介のプライバシーを守るために、作者はあえて触れないことにする。

玄関の扉の内側での、慌ただしくも激しい情事が終わった後、二階の居間に通じるいつもの階段が、とても長く遠く感じられた、ということだけを言っておこう。

「送ってくれる?」

とやがて彼女が訊《き》いた。

「送るのはいいけど、今夜は泊まっていかないか」

「どうして?」

「夜食を一緒に食べて、元気を回復したらもう一度奈々子を愛したい」

俊介は恋人の手を取ってうながした。

「今度はベッドの中で、一枚残らず全部脱いで」

「そそられるわね」

「どっちに?　夜食、それとも、ベッドの方?」

「両方にきまってる」

「君はきわめて健康な女だよ、奈々子。その上に淫乱《いんらん》だ」

二人は手をとりあって居間に通じる階段を昇って行った。「つまり、君は理想の女だ。しゃくだけど認めるよ。結婚しよう」

冗談にみせかけて、俊介は半分以上本気だった。

すると奈々子はニッコリ笑い、「いいわよ」と答えた。今度は俊介が内心、慌てた。

「いいって、本気かい？」

「少なくともあなた以上にね」

またしても、奈々子は俊介の胸の内を見透かして、ズバリと言った。

「でも今のままではいけない理由を言って」

「君を愛している」

「じゃ、今のままでいましょう」

と彼女はきっぱりとした口調で言った。

「わからないね」と俊介。

「いいえ、あなたはわかっている。あなたが愛しているのは、今のあたし。あなたと愛しあうのも、あなたのところから歩み去るのも自由でいる今のあたしなのよ」

「自由でいるってのには、それなりの規範があるものなんだよ」

「それもわかっている。時に孤独であることも知ってるわ。あたしは自分の自由を失うのも嫌だけど、あなたからあなたの自由を取り上げるのも嫌なの」

「わかった」

と少し湿った声で俊介が言った。「気が変わったら言ってくれよ。僕にはいつでもその用意があるからね」

「実は気が変わったの」

彼をみつめ彼女は笑った。「ぎょっとしたわね、あなた。でも違うの、気が変わったのは夜食のことなの。夜食は割愛して、今からベッドへ行くっていうのはどう？」

「いいね」と俊介。「そのかわり明日の朝、英国式の朝食をたっぷりというのは？」

「いいわね」

奈々子は笑いながら、スーツのボタンをはずしはじめた。


〈今日の料理、英国式朝食の作り方〉

メニューのうち仔羊《こひつじ》の腎臓のソティーに触れておく。冷凍した輸入ものを買い求め、筋を整理して前夜のうちにミルクにつけて匂《にお》いを抜いておく。六、七ミリの厚さに切り、水気を拭《ふ》いて、バターで両面をよく焼く。あらかじめバターで狐色《きつねいろ》に炒《いた》めておいた玉ねぎのせん切りを合わせて更に炒め、塩、こしょうで味つけし、熱いところを食卓に。朝っぱらから内臓料理と敬遠するなかれ。薄切りのこんがり焼いたトーストにバターを塗って、上にのせてもよし、交互に食しても良し、イギリスの食事がまずいなどというのは素人だ。イギリス人は朝から、美味《おい》しいものを食べている。クロワッサンに、カフェオレだけなんていうのとは、土台から違う。

ミルクティーは、濃くタップリで熱々を、俊介は先にカップにミルクを入れておいて、泡立てるように上の方から紅茶を注ぎ入れる。香りがたってくるので、お試しを。

ケイタリング・サービス

〈本日のメニュー〉

サーディン丼

〈本日のデザート〉

安達乃里子（壁画家）

「あたしのこと覚えてる？」

といきなり仕事中に電話がかかって来た。相手はまだベッドの中にいる声だ、と俊介は経験から推して推測した。腕時計を見ると、午後一時四十分。

「もちろん覚えているよ」

と、まず答えておいて、「どのあたし？」とさり気なく訊《き》く。

「絵描《えか》きのあたし」

ベッドの上に片肘《かたひじ》ついて半身を起こす気配と共に相手が答える。

「油絵？　日本画？　エッチング？」

「壁画のあたし！」じれて声が大きくなる。

「わかった、乃里子《のりこ》だ！」すかさず俊介も叫ぶ。

「ようやく当たり」

危うくセーフ。危機一髪。

「それにしても、絵描きだけでもずいぶんお友達がいるのね」

まだ安心するな、という警告だ。

「でも愛しているのは、壁に向かって孤独な作業をしている乃里子だけだよ」

これは神にかけて真実だ。ただ、絵描きの中では、という言葉をあえて抜かしただけだ。

「今どこから？」

「ベッドの中よ」別に何かを含んでいるわけではなさそうだ。単に事実を言ったのに違いない。

「そのベッドは、どこにあるの？」

「コンドミニアム」

「どこのコンドミニアム？」

近くで書類に眼《め》を通していた部長が、いいかげんにしろというようにギロリと俊介をにらんだ。

「この前と同じよ」

「というと、どこだっけ？」

「あなた、陣中見舞いに来てくれたじゃない、何も持たないで」

「まだそこで壁画描いてるの？」

かれこれ半年以上も前のことだ。

「忘れたなんて許せないわね」

「ボギーよりいいぜ。彼は昨夜のことだって思い出せないんだから」

「彼は許せるのよ。水もしたたるいい男だから」

そこでめげないのが大西俊介の良いところ。

「いつになったら逢《あ》いに来てくれるのよ?」

「実は今週行こうかなと、思ってたところなんだよ。実に偶然だよね。信じないかもしれないけど」

「もちろん信じないわ」

あっさりと言い切るのが乃里子という女。そこで傷つかないのが大西俊介のタフなところ。

「何か特別欲しいものとか、食べたいものがあれば、持参するよ」

「欲しいものはアナタ。食べたいものもアナタ」

「またまたあ」うれしいような、タジタジのような。

「というのは真赤なウソ」これは傷つく。

「ありがとョ」

「何でもいいのよ。何か美味《おい》しいものが食べたいわ。毎日ホカホカ弁当とインスタントラーメンで、惨《みじ》めな食生活に甘んじてるんだから」

「少しは自分で作ればいいだろう」

「芸術家がつくるのは、芸術作品だけよ」

というわけでその週末、心優しい俊介は愛車のポルシェを飛ばして、北軽井沢の建築中のホテルへと向かったのである。安達《あだち》乃里子はそこの壁画に、かれこれもう半年以上もかかりきりだった。

ホテルの外観はほぼ完成に近い。夏までにはオープンしたいというホテル側の希望通りに工事が進んでいるものと思われる。

ドアを入りロビーに出たとたん、俊介は戦場に飛びこんでしまった気がする。壁紙やら電気製品やらカーペットなどが山積みになり、それらの職人たちが右往左往している。

「ヤッホー」

という上からの声で見上げると、中二階にぐるりと組んだ足場の上から、姉さんかぶりのきったならしいおばさんが手を振っている。よく見ると色とりどりの絵の具だらけだ。とすると、あのきったならしいおばさんは乃里子らしい。俊介はニッコリ笑って手を振って応じた。

「あれ、また手ぶらで来たの？」

と、俊介のところまで降りて来るなり乃里子が姉さんかぶりをとりながら歯に衣《きぬ》を着せずに言った。外見は汚《き》ったならしくても彼女はなかなかの美人だ。

「現地調達主義なんでね。その土地に美味《うま》いものありだよ」

「でもサ、女流作家の廻燿子のヨロン島の別荘へは、トランク三個分も材料を持ちこんだって言ってたわよ」

「誰《だれ》が？」

「廻燿子が」

「嘘《うそ》だ。トランクは二個だ。そのひとつにはハスの葉だけが入ってたんだ」

「そのハスの葉はどうしたの？」

「廻燿子がまちがって垢《あか》落しに使った」

「ま、とにかくあたしの仕事見てよ。議論はその後」

議論するつもりなどないが、俊介はもちろん熱心に乃里子の壁画を眺めた。八割がた描き進んでいる。一見華やかだが、見る者に始原世界への漠とした憧《あこが》れを感じさせるものがある。

彼女の壁画は、アラビアのベルベル模様を思わせる。同質のもののくりかえしを果てしなく続けることによって、閉鎖性を執拗《しつよう》に打ち消そうという意図に於《お》いて。

「乃里子、僕はきみがうらやましいよ」と俊介は溜息《ためいき》と共に言った。

「どうして？」

「だってきみは歴史に何かを刻んでるもの。作品は永遠に残るもの」

「相変わらずロマンティックなんだ、俊介は。この世界に永遠なんてものは存在しないの。少なくとも現代の文明社会にはね。コンクリートの建物の寿命が何年か知ってるの？　五十年よ。半世紀。そしてそれがあたしの壁画の寿命でもあるの。瓦礫《がれき》とともに崩れ去り、一巻の終わり。アーメン」

そういえば、バルセロナの彫刻家今井田勲は、コンクリートを「石の死骸《しがい》」と呼んでいたっけ。すでに死んでしまった素材を固めて作るものに、生命が与えられるわけがないと。「それに比べると、石は生きているんですよ」と彼は言った。彫刻をしている時、もしも不必要にノミを深く入れすぎると、石が〝痛い〟と叫ぶのが聞こえるんだ、と。

石の中にすでに形がある、と言ったのはミケランジェロであったろうか？　彫刻家は、その石の中からすでに在《あ》る形を彫り起こすのにすぎないのだと。石が痛いと叫ぶという話を聞いたあの瞬間、大西俊介はバルセロナの彫刻家に惚《ほ》れたのだと思う。

「しかしそれにしても何だよね」と俊介は、あたりを見廻《みまわ》す。「このホテルも別に、ここに建たなければならない必然性の感じられない建物だね」

つまり、大阪にも京都にも宇都宮《うつのみや》にも成田にも、どこにでもありそうなホテルという意味だ。北軽井沢の唐松林と、そこに吹く蒼《あお》い風に対する配慮がないのだ。

「どうして日本には、足を踏み込んだとたん、ドキドキするようなホテルが建たないんだろうね」

「同感。セビリアのアルフォンソ十三世みたいなホテルね。でも、このホテルが唯一救われるのは、あたしの壁画を使ったってことよ。これ自惚《うぬぼ》れだと思う？」

「いや、思わない。だってその通りだもの」

そう言って俊介は、ぐらぐらする足場の上で乃里子の頬《ほ》っぺたにキスをした。そうせずにはいられなかったのだ。

「ちょっと抜け出さないか？」

「抜け出してどうするの？」

「きまってるさ、君の部屋に行くんだよ」

「まっ、俊介ったら真昼間っから何考えてるんだろう⁉ 相変わらずイヤらしいのね」

と驚いたことにはポッと頬《ほお》を染め、照れ隠しにそのふっくらとした胸のあたりで俊介の背中を押した。危うく彼は中二階の足場から、転がり落ちそうになった。

「イヤらしい連想をしてるのは乃里子。僕が考えているのは昼飯」

途中でスーパーマーケットに行って何か買って帰らなくていいの、と訊く乃里子に俊介が言った。

「まず、きみの冷蔵庫の中をのぞいて、あり合わせの材料を見てからきめよう」

それは彼の制作意欲をひどくかきたてることなのである。男のチャレンジ精神、想像力を刺激する。

ところが、乃里子の仮りの宿のコンドミニアムの冷蔵庫を覗《のぞ》いてみると——何にもないものの、みごとに空っぽだ。隅の方にイワシの油漬《オイル》けの缶詰がひとつポツンとあるのみ。

「だから言ったでしょうが」

とせせら笑う乃里子。「男の想像力とチャレンジ精神で、どうぞ何か美味しいもの作ってちょうだい」

さすがの俊介も、オイルサーディンの缶詰を前に腕を組み、首をひねった。しかし、ここで引き下がって降参するような俊介ではない。過去のありとあらゆる料理とその材料がインプットしてある彼のコンピューターのごとき頭脳が叩《たた》き出した結論に、彼はハタと膝《ひざ》を打った。

「乃里子、米はあるよね？　醤油《しょうゆ》もある？」

「あら、ラッキー、この家にあるのはその米と醤油だけよ」

米をとぎ、電気釜にセットしている間に、台所中の引き出しや戸棚を片っぱしから開いて、俊介がみつけ出したのは、少しカビが生えかけた七味唐辛子と、冷蔵庫の野菜入れの中でひからびたネギが一本。

「奇跡だ」

と叫びつつ、俊介はネギのカサコソとした外皮をむき、なんとか使えそうな中味を小口からみじん切りにしておく。

さて、ご飯が電気釜の中で美味しく蒸れ始める頃《ころ》、やおらフライパンを火にかけ、缶をあけたサーディンを中味のオイルごとそれにあける。

やがてオイルが煮立ちサーディンが香ばしく焼けてくるのを裏返し、頃合いを見て醤油をじゅっと回しかける。油が大げさに跳ねて火の回りを汚すが、掃除は後回し。フライパンを揺すって、味をからめる。

醤油が油と程よくまじり少し煮つまったところで火を止め、七味唐辛子を惜しみなく振りかける。

「おーい、乃里子、用意はいいか？　今から行くからね」

とダイニングで箸《はし》を握って待ちかまえている彼女に一応声をかけておいて、後は一気だ。丼《どんぶり》にたきたてのご飯を軽くよそう。その上に、焼きたてのサーディンをハシでのせ、残りの汁を回しかける。味が濃いのでオイルサーディン一缶でちょうど二人分になる。サーディンの上に刻みネギをこんもり盛って出来上りだ。

願わくば、カボスかユズか、でなければレモンがあれば、それをざっとしぼりかけて、食卓に運びたいところ。俊介個人の好みから言えば、ネギのかわりに、アサツキのみじん切りを、山のように使いたい。

「ささ、乃里子。熱々を一気に」

こんなふうに、と、俊介は丼の中味を箸で三、四度大ざっぱにご飯と掻《か》きまぜ、口の中にかきこむ。乃里子も負けじとそれにならう。「おいひい」と彼女が叫ぶ。「うめぇ」と俊介も唸《うな》る。おいひい、うめえ、おいひい、うめえ、の合唱が続く。

「あんたってすごいのねぇ。こんな料理どこで教わったの？」

「教わらない」

「自分で考えたの？」

「それもたった今さ」俊介の鼻の穴がわずかに膨らんだとしても、この際は許してあげよう。

「あんたって、もしかして天才かもね」

「それほどでも」と言いつつも、俊介、内心もしかしてそうなのかもと、チラリと思ったりして。

「この分じゃ夕食が楽しみだわ」

「僕もだよ」

「私はこれから仕事に戻るけど、俊介、あんたどうする？　近くに釣り堀があるから虹《にじ》マスでも釣りに行く？」

釣り堀は、彼の主義に反する。

「それより、川はあるかね？」

「あるんじゃないの探せば」

と乃里子はそっけない。飽食の後の雌の本能なのかもしれない。

「いいよ、時間はタップリある。ドライブがてら探すよ。今夜は岩魚《いわな》のムニエルだぞ。期待してくれ」

乃里子を建設中のホテルまで送り、地図を見ながら川を探した。

なかなか流れ具合の良い川が見つかった。ポルシェのトランクに常備してある釣り道具《タックル》を取り出してセットし、結んだドライ・フライをキャスティングする。

「岩魚よ、岩魚よ、岩魚くん、ボクですよ、俊介ですよ。出て来てちょうだいな。決して悪いことはしないから」

口説いたりすかしたり、なだめたり、時にはじれて罵《ののし》ったり、怒鳴ったり、また口説いたりと、釣りは女を扱うのに酷似している。

いつのまに、あたりに夕闇《ゆうやみ》が降りて来ても、俊介は幻の岩魚にむかって甘い言葉を囁《ささや》きつつ、釣り糸を垂れ続けるのであった。

はっきり言って野宿だ、と彼は呟《つぶや》いた。こうなっては女どころではない。朝、日の出と共に起きだして、もう一度チャレンジするからな。

乃里子は、怒るかな、心配するかな。少なくとも胃袋が収まらないだろうな。しかし明日の朝、彼女がまだ眠っているうちに、釣りたての岩魚を持って帰れるだろう。何しろ彼女、昼頃まで眠っている女だからな。

そろそろ水面が見えなくなって来た。俊介はリールにラインを収め、愛車のところまで戻ると、トランクから寝袋を取り出した。隅の方に非常食品の缶詰が確かあるはずだ。ゴソゴソと取り出してみるとインスタントコーヒーとキャンベルのベークドビーンズの缶。それにソーダクラッカーが出て来た。結構結構。

川べりに小さな火を起して、川の水で湯を沸かす。ベークドビーンズは、缶をかけてそのまま温める。青春よ再びだ。思いもかけぬ贈りものをもらったみたいな気がした。乃里子はカンカンだろう。しかし訳を話せばわかってくれる。いや女にはわからないかな？

アルミのシェラ・カップからコーヒーの熱さがじかに唇に伝うこの感触の喜び。思わず舌を焼くベークドビーンズのこの懐かしい味。ソーダクラッカーの噛《か》みしめるほどに素朴な滋味。空には満天の星。わからないだろうなぁ、女には。そしてこの淋《さび》しさ。明日になれば帰っていくところがあると知りつつもこの、拾い上げられることも刈りこまれることもない淋しさ。

——男は、やらなければならない時には、やらなければならないのよ——と言った奈々子の言葉が夜の空気の中に蘇《よみがえ》る。俊介はその声を何度もくりかえし闇の中に聞く。彼は奈々子を思う。とても強く。それから、他《ほか》の女たちのことを思う。たくさんの女たちのことを。それぞれに愛《いと》しい女たちだ。そして唯一無二の親友、三四郎のことを考える。あの男のためなら、命はだめだが、腕の一本、脚の一本くれてやったっていいと思う。それからバルセロナの今井田勲と彼のサグラダ・ファミリア。愛情をこめて彫らないと石が痛がるんです、と言った男。

彼らのために自分に何かできるかなどと思うのはあまりにも傲慢《ごうまん》だ。それに彼らは彼らで充実している。誰も大西俊介個人を必要としてなどいないのだ。でも俺は、愛しているよ。きみたち全てを。愛している。俺にできるのはそれだけかもしれないが。

夜が深くなり冷気が彼を冷ます。自分の感傷に自分で恥ずかしくなり、俊介は手際よくあたりを片づけると寝袋の中に潜りこむ。

——乃里子。きみとは夢の中で今夜愛しあおう——

セクシー・ゲーム

〈本日のメニュー〉

究極の自家製生ハム

ワインと玉ねぎのズッパ

スズキの岩塩包み焼き

〈本日のデザート〉

海野潮子（写真家）

大西俊介は、もう何時間も画廊の中をうろうろしている。ウィークデーの昼下りということもあって、人はあまり多くない。

ウィークデーでなくたって、あまり名の知れていない女流写真家の個展をわざわざ観《み》に来る客も多いとは思えない。

彼女のためには心が痛むが、全ての作品が語りかけてくるものを、ほとんど独り占めにできるので、全然悪い気分じゃない。

ランチに街へ出た後、腹ごなしの散歩のつもりで本屋まで歩き、新刊を物色したが食指の動くものはなく、片隅の方でうずたかくつまれていた——つまりあまり売れていない——友人、廻燿子の最新刊本を一冊求めた。これでヨロン島にある彼女の別荘の固定資産税の支払いに、多少は寄与したことになるわけだ。

本にカバーをしてもらうのは嫌いなので断るのだが、廻燿子が例によってハレンチにして自虐的なタイトルをつけるものだから、さすがの俊介もむきだしで持ち歩くのは、はばかられる。というわけで、表紙を内側に小脇《こわき》にはさみ、彼はブラブラと帰途についたのだった。

と、とある画廊の前で彼は立ち止まった。なんとなく覗《のぞ》いてみると誰《だれ》かの写真展をやっている。モノクロの世界に魅《ひ》かれて、さまよいこんだ。そんなふうに人は運命の頁《ページ》をめくっていく。

さんざん展内をうろついた挙句、彼は受付嬢のところへ行った。

「この作者の海野潮子さんと連絡を取りたいのですが」

と彼は、言った。

「どういうご要件でしょうか」

実に素気ない受付嬢の応対。美人を鼻にかけている証拠だ。しかし、瘦《や》せぎすでスタイルは完璧《かんぺき》とは言えない。もっとも瘦せぎすで乳房がたわわに実っているというのは、大西俊介の個人的な好みでもある。しかし、この際ややこしくなるのは避けたい。俊介は女流写真家海野潮子一人に焦点をしぼることにした。

「食事に招待したいと思ってね」

こういう時、会社の名刺をさりげなく出すのは、彼の主義に反する。社名でなく彼個人の魅力で売り込まねばならない。

「彼女はおそらく断ると思います」受付嬢が冷たく答えた。

「どうして、そう思う？」俊介、それしきのことでは怯《ひる》まない。

「知らない人とは食事をしませんから」

「しかし、僕の方は彼女を知っている」と俊介は受付嬢との間にある机に手をついて、身を乗り出した。

「この作品を見れば、彼女の全てがわかる。実にセクシーだ、と伝えて下さい」

「セクシー？」と彼女は片方の眉《まゆ》を高々と上げた。

「あの無精髭《ぶしょうひげ》のアル中みたいな汚ならしい浮浪者の、どこがセクシーだっていうのよ？」

「アル中みたいでなく、彼はアル中なの。汚ならしい無精髭は事実だけど、浮浪者じゃない。作品の彼の名は、セルジュ・ゲインズブール。海野潮子の電話番号、教えてくれる？」

彼は、とっておきのイタリア式スマイルを浮かべて、相手が気まり悪くなって眼を逸《めそ》らすまで、じっとみつめた。彼女が眼を逸らせ眉をすくめる。これで第一ラウンドは彼の勝ちだ。

しかし、躾《しつけ》の良い受付嬢はあくまでも女流写真家の電話番号を教えず、彼の連絡先を訊《き》いた。

「何もお約束できませんけど、一応伝えます」

と言って、俊介のダイヤルインの番号をメモ用紙に、熱意のない手つきで書きとめた。

もしかしたら、妬《や》いているのかもしれない。

電話があったのは、その翌々日である。

「お食事の招待、お受けするわ」

と、挨拶《あいさつ》もぬきで、いきなりそう言ったのには俊介も驚いた。

「いいんですか？　僕は怖ろしく醜男《ぶおとこ》かもしれませんよ」

「違うという方に賭《か》けようと思うの」

「前代未聞の色情狂だったら？」

「そういうのって好き。で、どこへ何を食べに連れて行って下さるの？」

「僕の自宅でイタリアンというのは？」

「コックがいるの？　すごいのね」

「いや、僕が作る」

「ハハン」

「ハハンって？」

「その手のタイプね」

「その手って？」

「手料理で安く上げて女を口説こうなんて、やることが小《ち》っちゃい小っちゃい」

「口説くかどうかは、あなた次第。まだ自惚《うぬぼ》れるのは早い」

「とにかくOKよ。たとえあなたが二目と見られない醜男であろうと、前代未聞の色魔だろうと、あたしは、たったひとつだけあなたが言った言葉がうれしかったのよ」

「僕、なんか言ったっけ？」

「あたしの作品を、セクシーだって言ったそうね」

「ああ、それは事実」

「じゃ、あなたのお宅で。今夜なんてどう?」潮子女史、意外に気が短いお方とみえる。

「今夜はむり」

「あ、おデイトね。じゃ明日は?」

「明日もむりだな」

「いつまで待てばいいの?」

「二週間先なら――」

「つまり、二週間先までおデイトの約束がつまってるってわけね。ま、いいでしょう」

と彼女は勝手に納得し、彼の方も別に否定する気もなく、ディナーの約束がひとつ生れた。

二週間後を指定したのには、理由がある。彼は海野潮子のために、本格的なイタリア式の生ハムを作りたかったのである。彼女の写真が醸しだすセクシーさに負けないセクシーな食べものといったら、あのピンク色のねっとりと舌にからみつく生ハムしかない。

さっそくその日の帰り、彼は築地の行きつけの肉屋で、最上級の豚ロース肉を一キロ買って帰り、仕込みにとりかかった。

作り方は実に簡単だが出来上がりは天国の味。これぞ男の手料理でなくて何であろう。

世の中で最も美味なるものに共通するのは、塩と時間が熟成をうながすものである。つけもの、チーズ、干物、くんせいなど、生ハムもまたそのひとつなのである。

　さて作り方。一キロの豚肉は、塊のまま、50グラムの岩塩と10グラムの黒胡椒《くろこしょう》の荒挽《あらび》きを、まんべんなくすりこんでやる。これを十二時間、冷蔵庫で寝かせ、味をなじませる。(これは基本のレシピだが、好みに応じローリエ、ジュニパー・ベリーなどの香辛料を加えても良い)

　十二時間後に冷蔵庫から取りだした肉を、「ピチット・シート」で包んで、再び冷蔵庫へ。あとは十日から二週間、じっくりと眠らせて熟成を待つ。ピチット・シートは、三日に一回の割りで取り替えた方が、より効果的。水分が出るので、バットを敷くことを忘れないように。

　二週間後に、水分が抜け、ねっとりとしたあの生ハムが出来上がる。

　ピンポーン。約束の時間に二十分遅れて、海野潮子が大西俊介の家のチャイムを押した。ムム、合格。時間ピッタシというのはセクシーではあらず。廻燿子など、約束の三十分前に来て待っていて、編集者を恐縮させるという悪趣味の持ち主で、潮子の爪《つめ》の垢《あか》でも煎《せん》じて飲ませたい。

「あら！　あたしが電話で想像した通りの方《かた》ね」と開口一番。

「合格？」

「イエス、合格。で、あたしは？」

「想像してた百倍はセクシー」

「百倍とは軽率な誉《ほ》め言葉ね」

「感激のあまりの軽率さゆえ、お許し下され」

「ま、いいでしょ。セクシーなお家じゃない？　どなたかとシェアしてるの？」とさり気なく探る頭の良さ。

「僕一人」

「男の一人住い、これまたセクシー。けっこうね」

「君の服装もセクシーだよ」

と俊介は彼女のジョルジオ・アルマーニを誉めた。

「中味の方は？」

「食べてみなくちゃわからない」

「土井《どい》たか子《こ》とあたしの違いを言って」と不意を突く。

「セクシーになろうとすればなれないわけでもないのに、その努力をしない女はアウト」

食卓についても、二人のセクシー談議は終わりそうにもない。

「うわーお。これって、ミラノで食べたのと同じ味よ」

彼女は、自家製の生ハムに感嘆の声を上げる。

「まさか、イタリアからこっそり持ち帰ったんじゃないでしょうね。こういうの、日本では売っちゃいけないのよ」

　豚肉の生ハムの販売は衛生法に触れるのだ。

「僕も買ったわけじゃないよ」

「あなたが作ったの？　すごいじゃないの」

「今や、フレンチは非セクシーで、イタリアンがセクシーだからね」

「テレビはアウト。現代車も全てセクシーじゃないわ」

「唯一、ポルシェ911のななめ後ろから見たフェンダーへの流れるような、筋肉の密度を暗示するラインは、例外的にセクシーだよ」

「女もその角度がいいのよ」

「六〇年代のものって、全てセクシーだったよね。ローリング・ストーンズにしろ、ビートルズにしろ、エルビスにしろ」

「ベトナム戦争のあたりから、屈折していったわね」

　タマネギとワインのスープにとりかかる潮子。食欲もお喋《しゃべ》りもエネルギッシュだ。これはオニオン・スープをずっと洗練させた味と思って頂きたい。白ワインの風味がエレガントだ。

「あなたが認めてくれたゲインズブールのことだけど、彼って最高だった。撮影中一時もベルモットのグラスを手放さないの。いつも同時に、二つ注文してたわ。なくなるのが不安だったのね。その彼がふっと言ったのよね。あの声で。〝I LOST〟って」

I LOST——と俊介は口の中で呟《つぶや》いてみる。見失っちまったよ、というような意味だろう。人生にはぐれちまった、というような。

「どうしようかと思ったわ、その時。だってあの年で、あの風情で、あの声で〝I LOST〟なんて呟くんだもの。何かしてあげたい、駆け寄って抱きしめてあげたいって思うじゃない。でも、その時の様子があまりにも淋《さび》しそうだったんで、締め出されたような気がしたの。彼は孤独の中で充実していたわ。孤独が似合っていた。だから、あたし、シャッターを押し続けるしかなかったの」

「いい話だね」と俊介はしんみりする。初対面で、こんなに気持よく会話ができ、食事が進む相手に巡りあえたことが奇跡のようだ。

「あなた、彼のことセクシーだって言ったそうだけど、セクシーさって何だと思う?」

「もろさ、かな。一口で言うのは危険だけど、アラン・ドロンはだからセクシーじゃないよね」

「あたしは、気持いいってことだと思う。あたしを気持のいい状態にしてくれるものは、全てセクシーなのよ。だから政治も政治家もアウト。今夜の食事とあなたは合格」

「もっと気持よくなれることがあるんだけどな」つい、潮子のペースに乗ってしまって、俊介は言った。

「それってアレのこと？」潮子が訊いた。「そのものズバリは、決してセクシーじゃないわよ」

なんだか方向が、おかしくなって来た。

「セクシーって、気持のいいことだけど、その気持のよさに溺《おぼ》れたら、そこでアウトよ」

「試練なんだ、セクシーって」

俊介は何とか方向を修正しようと努力する。

「ねえ、ちょっとお願いがあるんだけど」

アルマーニのジャケットを脱ぎながら、潮子が甘い声を出した。

「いいよ、何でも聞いちゃう」俊介も負けずに甘い声で答える。美食に美酒に美女に美男。あとはなるようになるしかないではないか。

「この食事の食べ散らかした感じ、撮ってもいいかしら？」

「え？　今？」

「飽食の後に漂う一抹の寂しさがあって、セクシーな情景だわ」

「もちろんいいよ」

と俊介は同意した。カメラを取り出して来てファインダーを覗きながら、潮子が言う。

「あなた何してるのよ、そこで」

「ポーズとってるのさ。なんならヌードになろうか？　もし、それが必然的だときみが言えばだけどさ」

「そんなこと、あたし、言わない。どいてよ、邪魔なの」

さんざん食卓を撮り、カメラをキッチンに持ちこむと、そっちの方から盛んにパシャパシャというシャッターの音。

「そんなところで夢中になって、何を撮ってるのさ？」危機感を覚えながら、俊介が声をかけた。

「ある種の肉塊よ。つつましくも危うげな魅力に溢《あふ》れた生ハム」

「よかったら、こっちにもそういうのひとつあるんだけどね」

俊介は胸のボタンを二つ外して、長椅子《ながいす》の上で脚を組んだ。

しかし、待てど暮らせど、彼女は俊介のキッチンから出て来ない。よっぽど被写体としての生ハムがお気に召したとみえる。変な女だ。

「ねぇ、セクシーなものって、何で六〇年代で終わってしまったのかしら？」

とシャッターのあいまに声だけがする。

「それはね、潮子クン、六〇年代は個人プレーの時代だったんだよ。今は経済効率と機能が優先してしまって、複数の人間のプロジェクトになってしまっている。ジャガーのＥタイプ・ロードスターのような車は、だから、二度と生れないいんだ。音楽もしかり、映画もファッションも、人間までもがそうだ」

「ゲインズブールだけじゃないんだわ。WE　ALL　LOSTなのね、きっと」

潮子がキッチンから出て来て首を振る。

「ほんとうはそう。でもさ、誰も気がついてないんだ。何かを見失っちまったことに」

「で、彼だけが、淋しいのね」

「彼の唄《うた》、聴くかい？」

ふと優しい気持になって、俊介が立って行く。カセットをセットし、ゲインズブールの魂を突き刺すような声が流れだす。

「そこでストップ・モーション」

と潮子の声がかかる。「動かないで」パシャパシャとたて続けに起こるシャッター音。

「な、なにしてるんだい」

「そのポーズ頂き。じっとしててよ。ななめ後ろからのあなたのお尻《しり》の感じ、実にセクシーよ」

その時、潮子の傍《そば》でルルルルと電話が鳴った。

「動かないで。そのままのポーズを崩しちゃだめよ」

「しかし電話が僕を呼んでいる」

「あたしが出ると、すごく困ることになる？」

その間もシャッターを押し続ける潮子。

「全然。よかったら出てくれていいよ」

言い終わらないうちに潮子が受話器を取り上げる。

「もしもし？　え？　俊介？　ええいますけど、あなたどなた？」

彼女は少し耳を傾ける。そして「あなたによ。下の階の女って名乗る年増《としま》から」と受話器を差し出す。下の階の年増の女なら、実のお袋だ。俊介何食わぬ顔で電話に出る。

「僕だけど、いったい今頃《いまごろ》までどこをウロついてたのさ？」

「野良猫じゃないのよ、わたしは」俊介の母親が言った。「あっちこっちよ。タイとかシンガポールとか」

「楽しかった？」

「バリ島で面白いひとに逢《あ》ってね、予定より長くなっちゃったのよ。心配した？」

「そりゃもう」

「心にもない声。で、また出かけるのよ」

「どこへ？」

「バリ島にきまってるでしょ」

「そこから帰って来たばかりじゃないの？」

「ええ、ついさっき」

「で、また行くのかい？　いつから？」

「ちょっと寝てから」

「なんでまた」

「面白い人に逢ったって言ったでしょ」

「絵でも描《か》いてる女？」

「じゃ、男？」びっくり仰天して俊介が受話器の中に叫んだ。

「なんで女なのよ。わたしはレズの気なんてないのよ、あんたも知ってのとおり」

「ちょっとばかり年下なんだけどね」

「年下って、いくつなの？」

「三十七、八」

「なんだって？　僕より若いじゃないか」またまた叫ぶ俊介。

「しかもあんたより数倍いい男」

「あきれたね。本気なの、お袋？」

「遊びよ、きまってるでしょ。遊びをせむとや生れけり、よ」

「一体誰に似たんだろうね、全く」

「あんたよ」

「じゃ、とにかく躰《からだ》に気をつけて」と切ろうとすると、待ったがかかった。

「大事な要件言わせずに、切るつもり？」

「この上にまだあるのかい」

「お腹《なか》が空《す》いてるのよ。うちの冷蔵庫の中味知ってる？」

「想像くらいできるね」

「カビのはえたチーズ。ひねくれたニンジン。腐った牛乳。高野豆腐化した豆腐——」

「もういいよ」

「今から、ちょっと行くからね」

「それは、困る。迷——」惑と言う前に、電話が切れた。

「悪いけど」と潮子に向き直る。「お袋がさ、今から飯食べに上がってくるんだ」

「どうぞ、どうぞ、おかまいなく。よかったら、美しき母と息子の肖像でも撮りましょうか？」だとさ。まいったね。

カントリー・スタイル

〈本日のメニュー〉

小羊一匹の丸焼き

〈本日のデザート〉

小沢純子（若き女医）

天は二物を与えずというのは、平成のこの時代にはすでに死語である。秀《すぐ》れた才能にめぐまれた美形の人間は男女を問わず、ざらにいる。

中には二物どころか、三物も四物も与えられた幸運な者もいる。美貌《びぼう》の産婦人科医小沢《おざわ》純子《じゅんこ》など、その最たるものだ。父親は病院を経営し、彼女はそこの後継者。歌を歌わせればプロ級だし——つい二、三年前までは実際に友人のクラブで週末には歌っていた——絵を描《か》かせればこれまた日展に入選する。

更に文筆ものにし、専門の医学書はもちろん、自らのイラスト入りの旅行記、エッセイ集など出版した本の数は二十冊を下らない。ラジオを二本、テレビの司会を一本のレギュラーの他《ほか》に、ゲスト出演も多数。一体、本職の医業にいつ専念するのかと、誰《だれ》もが首をひねるが、そちらの方の評判もめっぽういい。その上彼女はまだ三十歳前、若いのである。

これだけのものをコンスタントにこなしていれば、遊ぶ時間などないと思うが、これがどうして、ドクター純子はプレイガールの誉れも高い。とにかくこれだけのキャリアを並べたてられれば、並みの男など霞《かす》んでしまう。ちっとやそっとでは近づけないと、最初《はな》から敬遠してしまうのがオチだ。

ところが敬遠しない男が一人いる。我が大西俊介である。彼の企画したテレビ番組にゲスト出演してもらったのを機会に、熱心にデートの申し込みを続けている。これまでのところ五回誘って五回不発に終わっている。それしきのことでめげない俊介。六回目の挑戦を試みた。これが大当たり。

「あら、珍しい！　ウィークエンドがポッカリあいてるわ」とスケジュール表をめくる気配がしてドクター純子がそう言った。

一夜の食事でもと電話したつもりが、土曜も日曜も丸ごとオーケイみたいな返事。

「ほんとに？　嘘《うそ》みたいだな」と半信半疑の俊介。

「わたしも信じられないけど……。年に一、二度、こういうことってあるのよね」

お互いのコンセンサスに少々ズレがあるようだが、それは詮索しないことにして。

「ドクター純子、カントリー・ウェスタン・スタイルの週末っていうのはどう？」

山中湖《やまなかこ》近くにある、仲間がやっている小さなカウボーイ牧場を頭に置いて、俊介が訊《き》いた。

「ゴルフ場あるの？」

彼女が女だてらにハンディ18だという話は聞いている。しかし、俊介、ゴルフには、いささかの興味も持ち合わせない。

「ゴルフ場はないけど、もっとステキなものがいっぱいあるよ。きれいな空気、美しい馬たち、キャンプファイアー、バーベキュー、気持のいい男たち――、馬が好きだといいんだけど」

「馬は好きよ。気持のいい男はもっと好き」

「それにバーベキューったって、焼き肉なんかじゃないよ。今週は小羊《ラム》の丸焼きなんだ」

「ちょっと可哀相《かわいそう》ネ」

と彼女の声がちょっぴり沈んだ。「どんな服装をして行けばいいの?」

「もちろん、ウェスタン・スタイル」

「了解」

というわけで快晴の土曜日朝七時に、寝袋《シュラフ》を二つ放《ほう》りこんだシボレーのワゴンで、二人は山中湖へと向かったのである。

この朝の純子先生のいでたちは、ラルフ・ローレンの柔らかい裏革のシャツと巻きスカート。一応はウェスタンぽいポリーニのブーツ。おさげに編んだ長い黒髪の頭に鳥の羽根でもつければ、完璧《かんぺき》なインディアン・ガール。いかにも掠奪《りゃくだつ》してちょうだいという感じで、ヨイではないか。

山中湖は忍野《おしの》村、富士の裾野《すその》にちんまりとおさまった『W・Tステイブル』に到着。仲間の何人かは、金曜の夜から泊まりこんでおり、すでに愛馬にブラシをあてたり、柵内《さく》でたづな《レイン》を引いて、習《ならし》歩きをしている者もいる。

「ステキ！　みんな完璧にカウボーイしてるじゃない！」

と、うら若きドクターの眼《め》が輝く。男たちは十代から五十代まで、さまざまな年代で職業もまちまちだが、ここでの姿はただひとつ、みんなカウボーイなのである。

「こちらはトオル。ここの若きオーナーで、僕らの馬をあずかってくれているんだ」

と俊介は、眉《まゆ》のりりしいスラリとした若いカウボーイを純子に引き合わせた。「育ちはコロラド州。それが馬との宿命的な出逢《であ》い。テキサスで実際のカウボーイ生活に身を投じ、最近日本に帰って来て自分の牧場を開いたんだよ」

たくましいのネ、男らしいのネ、と、若きドクター純子の瞳《ひとみ》がたちまちうるむ。

「でもドクター純子、トオルはまだ二十四歳で——」

と牽制《けんせい》したが、

「男は年下の方がいいのよ、素直で」

と断言。

「言いにくいんだけど、トオルは独身じゃないんだ。ほら、あそこで働いている美人で可《か》愛《わい》いひとが新妻のナオミ」

「美人で可愛いを強調しなくても、見ればわかるわよ」

ドクターといえども女の子。

「他にも独身のカウボーイはいるわけだから」と俊介、慰めた。

「たとえば？」

「たとえば、僕」

そこへひょうひょうとやって来たのがトヨダさん。

「このひと、古着のジーンズばかり集めて世界中回ってるひと」

「さすらいのジーンズ屋さんね」

と純子はニッコリ。驚いたことに彼女、ひとわたり紹介して歩くうちに、またたくまに全員のニックネームをつけてしまった。ひとの名前の上に形容詞をくっつけるのが、どうやら趣味のよう。

元フランス料理のコックで、プロ級マジシャンで現在TVマンのオオイさんは『流れ者』。一人息子の十六歳のタローと一緒に来ているマスダさんは『子連れの一匹狼《おおかみ》』。愛馬のことはそっちのけで、朝からマキ割りに熱中しているキムラさんは『忍野の必殺人』。なるほど、そのオノさばきには、鬼気迫るような迫力があるが、当の本人はジョン・レノンを彷彿《ほうふつ》させる穏やかな容姿と人柄なのだ。

『メキシコの用心棒』はヤマモトさん。鼻の下の黒々とした髭《ひげ》と、浅黒い肌の感じ、時に鋭い眼つきで精悍《せいかん》なところが、ぴったりだ。

「あのひとは、どうして馬に乗らないの？」と純子が気にしたのはコバヤシさん。ファイアーの傍《そば》で、いつも静かに煙草《たばこ》をくゆらせている人だ。

「その昔、さんざんやって相当な乗り手らしいという噂《うわさ》なんだけどね。今はああやって、ただ馬の匂《にお》いのするところにいるだけで、幸せらしい」

「ふぅん」と純子が一瞬遠い眼をした。「『超越のカウボーイ』ってとこね」

若きボスのトオルは『テキサスからの使者』。

「じゃ僕は？」と俊介期待をこめて訊いた。

「あなたは、はぐれもの」と即座の命名。

「もうちょっとロマンティックにいかないかね、たとえば、誇り高きはぐれものとか、メランコリックなはぐれものとかさ」

「年喰った少年っていうサブタイトルなら、つけてもいいわ」

「サブタイトルつきの『はぐれ者』ね。なんだか二流の西部劇みたいだ」

「だって、あんたの風体、まさにそうだもの」

と、純子は、上から下までカウボーイ・スタイルをきめた俊介を眺めて、若い頃《ころ》のジェーン・ラッセルのようにニヤリと笑った。

「言ってくれるじゃねェか、姐ちゃん」

俊介も若き日のクラーク・ゲイブルを気取り、カウボーイ・ハットを軽くつまんで頭から持ち上げ、斜にかまえたポーズで浅く一礼してみせた。

いよいよ愛馬『デック』と純子の対面だ。この牧場唯一のアパルーサ種で、インディアンが好んで乗りまわす種類だ。茶に紫がかった白の斑点《はんてん》が野性的で美しい。

『デック』はもっかリハビリ中でね」と俊介は愛馬の鼻ヅラに顔を押しつけた。

「そうのようね、眼つきでわかるわ。ちょっと不安そうね」

さすが女医だけのことはある。

「でもどうして?」

「以前いた馬場での扱いが酷《ひど》かったんだ。競馬馬《うま》みたいにハミを咬《か》ませて、さんざん痛めつけちまってね。いわば人間不信になってしまい、すっかり調子が狂ってノイローゼ。使いものにならなくなったのを、トオルがみつけて来て、彼のところで調教しなおすことになったんだ。一眼見て、僕はこれだと思った。『デック』こそ、僕が探し求めていた永遠の馬だとね。そこで『忍野の必殺人』ことキムラさんとシェアすることにした」

「心に傷を負った馬をね」

純子の眼が優しくなった。

「『デック』には僕らが必要なんだ。僕らの支えが。そして多分、僕らにも『デック』が必要なんだよ」

「あんたって、見かけによらず、正義の味方なのねェ」

とまた、ジェーン・ラッセルのあの眼つき、あのポーズ。

愛馬『デック』のたづなを引いて、柵内を三周する。その間たえずデックに静かに話しかける——あのな、デック、男ってものは黙って耐えなけりゃならんのよ、しかしおまえのように耐え続ければ誰だって潰《つぶ》れちまう。ウィリー・ネルソンの歌にもあるじゃないか、男には闘うべき時が一度はあるってさ。な！　暴れたければ暴れてみろ。いななきたければいいなないてもいいんだ。俺とキムラがおまえを引きうけたんだからな。おまえの傷ごとひきうけたんだからな。どんなことがあってもおまえに最後まで責任をもつからな。決しておまえを見放したりはしないからな。俊介は静かにゆっくりと『デック』に語り続ける。

「ねぇ、はぐれ者のシュンスケさん。一体馬と何を喋《しゃべ》ってたの？」

と後で純子が質問した。

「なにね、世間話さ」と彼は答えた。

「純子先生、ちょっと乗ってみませんか？」

とトオルが彼女に声をかけた。

「そうね、乗ってみようかしら」と、気軽に応じて馬場の牧柵《らち》をくぐりぬける純子。

「の、乗るってドクター純子、スポーツカーに乗るのとは違うんだよ」

と慌てる俊介を尻眼《しりめ》に、ラルフ・ローレンの巻きスカートのまま、いきなりひょいとトオルの馬に横坐《よこずわ》り。やおらたづなを片手に取る手つきも自然体。俊介は我が眼を疑った。まるで野性のインディアン・ガールではないか。

あるかなきかの腰の動きで合図すると、馬は横坐りのインディアンの娘を乗せて静かに歩きだした。純子の肩は少しも揺れることなく、実にエレガントなものだ。テキサスじこみのトオルが別の馬に飛び乗り、後を追う。インディアン娘と若くりりしいワーキング・カウボーイが並んで行くその後姿は、背景にくっきりと富士山が浮かび上がっていなければ、西部劇の映画のシーンそのものだ。

な、なんなのだ。あの純子というドクターは？　あの馬の扱い方はただ者ではないぞ。一周して来た純子に疑惑と嫉妬《しっと》の眼を向けると、彼女ニッコリ笑って、

「中学生の頃から、乗馬やってたのよ」

だと。まいった、まいった。牧場への道乗りの間中、馬について得意気にレクチャーしたことが恥ずかしい。彼女も人が悪いよ、全く。たちまち、みんなが彼女を取り囲み、『インディアン・レディ・ドクター』なる称号を贈ったのである。

牧場に日が落ちて、カウボーイたちが手に手にローン・スター・ビールを持って、ファイアーを取り囲む。小羊が一匹、鉄棒に突き刺されて、あぶり焼きにされ、そのいい匂いが白樺《しらかば》の樹立《こだ》ちの間にたちこめる。鉄棒を時々回すのは『流れ者』のオオイさん。

「ドクター、お願いがあるんですが」と、『子連れの一匹狼』マスダさん。「ぜひ僕の主治医になってもらえませんか？」

すると『メキシコの用心棒』が横から「一人占めはズルイよ。ボクも頼みます」

「どこも悪いところはないようだけど」と純子は笑いをこらえて、俊介にウインク。

「仕事がら神経使うものだから、慢性胃炎で。何しろ大西さんと同じセクションなもので、ストレスがたまるのなんの」

とメキシコの用心棒、何やら俊介にあてこすって点数をかせぐ算段。

「じゃ是非、わたくしの診療室においでになって」と純子はすましたものだ。

「じゃ来週にでも」と身を乗り出す用心棒。

「どうぞ、どうぞ」

悪乗りの純子。産婦人科の診察台で両脚をひろげて横たわる「用心棒」や「一匹狼」のあられもない姿が眼に浮かび、俊介思わずビールを吹き出して爆笑してしまった。

小羊の外側がきつね色に焦げ、脂がポタポタと火に落ちるたびに、盛大な火の粉が飛び散る。小羊には岩塩と黒胡椒《くろこしょう》と、ニンニクのすり下ろしたものを、たっぷりとすりこんである。すでにオオイさんは三時間余り、鉄棒を回し続けている。

トオルの愛妻ナオミが、大盛りのサラダを運んで来て丸太で作ったテーブルの上に置く。『必殺人』が次々と割ったマキを火にくべる。ギターを爪弾《つまび》き、カントリー・ソングを口ずさむのは子連れのマスダさん。今やウェスタン・ムードは最高潮。

「俊介さん、裏から取って来たミントの葉っぱ、言われた通り全部刻んだけど、あとはどうするの？」

と、キッチンの方角からナオミの声。

「酢半カップに砂糖大サジ二杯合わせたものに漬けておいて」と俊介がそれに答える。羊には欠かせないミントソースがそれで出来上がり。

『さすらいのジーンズ屋さん』が、ポケットから飛び出しナイフを取り出して、ひらりと小羊のあぶり焼きから一片を薄切りにして、味見をする。それを合図に、男たちは次々と愛用のナイフを手に、小羊を取り囲み、ひらりと一切れ、また一切れと、ナイフで切りとっては、そのまま口へ運ぶ。いちいち皿にとりわけて食べるなんて上品なことはやらないのだ。俊介は切りとった一片を純子の口へ運んでやる。それを受けて純子が食べる。

ナオミがミントソースを運んでくる。俊介が肉片を、ちょっとそれに浸《ひ》たす。みんながそれに倣う。真剣な顔。ここでは男たちは真剣に遊び、真剣に食べる。みんな、なんとなく肩を寄せあうようにして、兄弟みたいだ。男ばかりの大家族といった感じ。それでいて、みんなの肩に一抹の淋《さび》しさが漂っている。

ふと、純子がその感想を俊介にもらした。

「男ってさ、基本的に家出願望があるんだよね」

と彼が答えた。

「ウィークエンドの家出人ね」と純子お得意の形容詞。

「〝幸せな家庭からの脱走〟っていうサブタイトルをつけておいてくれないか」

俊介は、あいもかわらずのんびりと煙草をふかしている『超越のカウボーイ』から『さすらいのジーンズ屋さん』に視線を移す。陽気なのになぜか哀愁の漂う『流れ者』のオオイさん。まるでひとつひとつに別れを告げるようにして、マキを火に放っている『必殺人』。みんないい奴《やつ》だ。

「ねぇ、トオルさん。あなたの夢は?」

と純子は若き牧場のボスに質問を投げる。

彼は少しはにかみ、それから、ひかえめに彼女の質問にぽつりぽつりと答え出す。

「やっぱり牛がいないと、本当のカウボーイとはいえないですよね……。そのうち牛を飼いたい。牧場も四倍くらいに広げたいし」

夜も更け、歌が続き、語りがはずみ、ビールの空き缶の山ができる。ナオミが小さく欠《あく》伸《び》をする。ドクター純子もつられて、口元に手をあてる。

「ベッドの用意なら、あそこにできているよ」

と俊介が、白樺の間に張ったカウボーイ・テントを指差して、彼女の耳元に囁《ささや》く。

「ほんと! ロマンティックだわ」

「あのネ、寝袋の中に潜りこむ際、何も身につけないのがウェスタン・スタイルなんだよ。その方が温かいんだ」

ドクター純子は素直にうなずき、オヤスミなさいとテントへ消える。仲間の声援や冷やかしに送られて、俊介も消える。みんな大人だ。

テントにしつらえられた窓から、月が見えている。どこかで鳴く夜鳥の声がする。誰かがまだ火の側《そば》で爪弾くギターの音がかすかに聞こえてくる。

「とてもステキな夜をありがとう」と純子が囁く。

「どういたしまして。でもこれからもっとステキになると思うよ」

純子の傍に寄り添ったとたんに、ルルルルルと無粋な文明の音。なんと携帯電話。もしもし、とそれに応《こた》える純子。

「……わかったわ。すぐに帰る」と電話を切った。

「帰るって？　これから？」呆然《ぼうぜん》とする俊介。

「ごめんなさいね。わたしの妊婦さんが急に産気づいちゃって」

「だって他にも誰かいるんだろう？　看護婦にまかせれば？」

「それはだめ。帝王切開が必要かもしれないし」きっぱりと言って、寝袋から抜け出す純子の白い裸体が、月の光に照らされる。ああ、どうしてこういう憂きめばかりを見るのだろうか。俊介、溜息《ためいき》をつき、車のキーを取り上げるのであった。

パパ・ドーブレ・ポルファボール

〈本日のメニュー〉

前菜＝フローズン・マルガリータ

主菜＝同じくフローズン・マルガリータ

つけ合わせ＝あくまでもフローズン・マルガリータ

〈本日のデザート〉

マレーネ・ディートリッヒ

東京は梅雨《つゆ》。

北海道を除いては日本中が水びたしだ。人は敬遠するけど、こういう空模様の時こそ、海がいいのだ。

週末のターゲットを、このところしばらく利用していない東伊豆《ひがしいず》の別荘に定めると、俊介はアドレス帳を広げ、雨の海の似合う女――ただの海の似合う女と、雨の海の似合う女とでは、タイプがだいぶ違うのだ――つまり週末中ずっと小さな家の中に二人して閉じこめられるわけだから、シャカシャカとした元気な女は絶対避けたい。

第一、そういう女たちは仕事柄、テレビの世界で嫌というほど見て来ている。うわずった声の空疎なお喋《しゃべ》りで、荒れ肌、便秘性の若い女たちだ。

二十分はなんとか耐えられるが、それ以上はだめだ。そういう女とはさっさとベッドに行ってお開きにしたいところだが、大西俊介にはそういう趣味はない。少なくとも自分が親密《インテイメイト》にかかわる女を尊敬していたいし、第一、彼は自分の肉体を尊重している。

となると、雨の海に似合う女はおのずとしぼられてくる。声の低い大人の女だ。愚かさのみじんもない、けれども知的であることをひけらかさない、自然体の女。脚がきれいであればなおのこと好ましい。

ということになると、更に枠がせまくなる。女流作家の廻燿子は、脚がきれいであるとは言いかねる。それとあの横柄な口調。

同時通訳の三枝和子は、脚はいいが、寛ろぎ感に少々難がある。彼女と対等につきあうのにはエネルギーが必要だ。それもかなりのエネルギーが。

俊介はこのところ夏バテ気味でもあった。彼は高温多湿の風土に少々弱いのだ。

壁画家の乃里子もいいが、彼女は岩魚《いわな》の一件以来、おかんむりなのだ。「あたしと夜を過ごすより、岩魚の傍《そば》で過ごしたかったのネ!」と来た。おまけにあの日、岩魚は一匹も釣れなかったのだ。

しかし、ここらで仲直りしておいた方がいいかもしれない。俊介は、受話器を取り上げた。ダイヤルを回そうとした、まさにその直前、聞き覚えのある声が飛びこんで来た。

「あら、チンとも言わないうちにとるなんて、俊介、六感でも働いたの?」

と言うのは久しぶりの三枝和子の声。

「もちろん、実はきみに電話しようとして、受話器を持ち上げたところ」例によって調子のいい俊介。

「元気? バルセロナからは何時《いつ》戻った?」

「そのバルセロナの件で電話してるのよ。彫刻家の今井田勲さんに逢《あ》って来たわよ。素敵な人じゃないの。ウナギの稚魚を食べに連れて行ってくれたわ。あんまり美味《おい》しいから、三日間通いつめたわよ。今井田さん、嫌な顔をせず三日共つきあってくれたわよ。ほんとに彼ってチャーミング。最近じゃめったにお目にかかれないタイプの男よね。妬《や》ける？」

「どっちかっていうと、ウナギの稚魚の方が妬けるね」

オリーブ油とニンニクと唐辛子で炒《いた》めたその料理は、俊介の大好物なのだ。「それよりサグラダ・ファミリアは見てくれた？」

「もちろん。それで頭にきてることがあるのよ。裏側の〝地獄のファッサード〟、あれは何なのよ？　あれ創った人、有名な彫刻家かもしれないけど、ガウディの建物を借りて、自分のエキシビションやるんじゃないよって言いたいわね。一口で言うと邪悪なのよ。品がないの。ガウディが生きてたら怒るわね。わたしのような素人でさえ怒っているんだもの。わたしだけじゃないわよ。

念のために色々と聞いてみたわ。タクシーの運転手は『あれは悪い冗談だ』って言ったわ。土産売りのおばさんは『悪夢だ』って地面に唾《つば》吐いた。パン屋のおじさんは、『バルセロナの汚点』と言って視線を落としたわよ。

それに比べると正門の〝御誕生のファッサード〟は素晴らしかったわ。今井田さんの創った六体の天使の痛々しいまでの純粋な愛らしさったらなかった。ネ、わたし発見したんだけど、あの天使たちの顔はどことなく今井田さん自身に似てるわね。まなざしとか頰《ほお》のあたりの優しい線とか」

「きみもそう思う？　それより和子、ゆっくり逢おうよ。バルセロナの話をもっと聞きたいし、よかったら週末一緒に東伊豆に行かない？」と、現金にも宗旨変え。

「ツー・バッド。週末はニューヨークで一本仕事が入っているの」

「じゃ今夜はどこにいる？」

「日付変更線の上あたりかな、来る？」

来るって簡単に言われても背中に羽根が生えてるわけじゃないのだ。

「今どこから電話してるんだい」

「成田よ」

あいかわらず和子は慌ただしい女だ。「あら、テレフォンカードが終わりかけてるわ。では俊介、戻ったらま——」

と言いかけたところで、和子からの電話は時間切れ、唐突に切れてしまった。

思い直して俊介、乃里子のナンバーをプッシュする。

「この間の岩魚のおわびに、つつしんで東伊豆に招待したいんだけど」と下手に出ると、

「あーら、ほんとッ」と素気ない乃里子の反応。「で、今度はタイでも釣ろうっていうの？そういうのお目出タイって言うのよ！」ガチャン。すごい剣幕だ。まだ怒りは解けていないらしい。さわらぬ神にたたりなし。しばらく冷却期間をおいた方がよさそうだ。

やっぱり奈々子に電話しよう。本命は彼女なのだ。なんといっても恋人なのだから。彼女だけはいつだって無条件に僕を受け入れてくれる。多分そのことに甘えすぎているのだ。俊介の胸は反省と奈々子に対する情愛とで一杯になる。

　ところが電話をすると、奈々子の返事が今いちだ。「東伊豆のあなたの別荘、電話がなかったわよね」

「それは奈々子、きみの希望でもあったんだよ。テレビも新聞も電話もない週末を二人で過ごす、家ってのが」

「そうだけど……」と煮え切らない。「ちょっと気にかかるクライアントがいるのよ」

「わかったぞ。例のトール・ダーク・ハンサムだな？」

「多分あなたには何もわかっていないわよ。でもネ、電話が通じるとこにいてあげたいの。電話はして来ないかもしれないけど、いつでも私に電話が通じるんだって、彼が知っていることが、今は大事なの」

「彼、そんなに追いつめられた状態？」

「わかってくれとは頼まないわ。でも、それが私の仕事なの」

「でも僕のことは？　あの絶海の孤島にも等しい人淋《ひとさび》しい海の家で、たった一人ぽっちで過ごす僕のことは、ぜんぜん心配じゃないのかい」

　許せ、奈々子。時に男は理不尽であり自分勝手なのだ。

「三枝和子さん、誘えば？　それとも、もう誘って断られたの？　だったら、乃里子さんは？　あなたは女より魚の方が好きみたいだって誤解しているようだから――え？　もう電話したの？　で、だめだった？　可哀相《かわいそう》な俊介……。じゃ廻燿子は？　こないだ何かのエッセイに、あなたと覚しき人物を、愛情こめて登場させていたのを読んだけど」

「奈々子――」と俊介が相手をさえぎる。「きみって女には、嫉妬心《しっとしん》ってものが全然ないのか。僕はきみの何なのだ？」

「あなたは私の一番大事なひと。恋人。親友」

「その恋人を何だって、他《ほか》の女の腕の中に追いやるようなことを、言うんだい」

「たとえわたしが追いやらなくたって、あなたはとっくに自分からそうしているでしょ。それはいいのよ。あなたが自由であれば、私もその分だけ自由な心でいられるの。じゃまたネ。チャオ」

　そうかい、そういうことならきみの願いをかなえてやる。俊介はちとばかり自暴自棄な気持で、女流作家の番号を押し始めた。

「もしもし、我が閨秀《けいしゅう》のポルノ作家の君ですか？」

「そういう声は、ラカデミア・イタリアーナ・デラ・クッチーナ、食いしんぼのホモ・ルーデンスの大西俊介ね？　どうしたの？　さては女共に振られたのね？」

「お見通し！」ヤケクソに答える俊介。

「私の脚はきれいじゃないけど、その辺は、妥協するってこと？」

「何もかもお見通し」ほんとうに燿子の勘の鋭さは、脱帽ものだ。

「で、計画は？」

「フローズン・マルガリータ漬けの週末ってのは、どう？」

「そういう気分なの？　酔いつぶれたいの？　よっぽど辛《つら》いことがあったのね」と燿子の声に同情がこもる。

「というよりさ、親愛なるアーネスト・ヘミングウェイに敬意を表して、フィンカ・ビヒアならぬ僕の東伊豆の別荘で、海流の中の雨の大島《おおしま》など眺めながら、一緒に飲もうってわけだよ」

「フローズン・マルガリータを？　ダイキリのまちがいじゃない？」

「BAR・ラ・フロリダの指定席で、無口なバーテンダーを相手にパパが飲んだのは、たしかに、クラッシュド・アイスのダイキリさ」

「ダブルで、砂糖抜きってやつね」

「そう、しかし所詮、東伊豆は東伊豆でフィンカ・ビヒアじゃない。海流の中の島々は、大島で我慢してもらうしかないし、猫もいない。そのかわり狸《たぬき》がいるけどネ」

「狸がいるの？」

「野生のがね。嘘《うそ》じゃない」

「信じるわよ」

「というわけなので、パパ・ヘミングウェイのダイキリをフローズン・マルガリータに変えるのが、僕の精一杯のシャレなのさ」

「そのシャレ、頂き」

「じゃ一緒に行く？」

「行きたいのは山々だけど、私、だめなのよ」

「締め切り？　原稿用紙、持って来てもいいよ」

「違うのよ。だめなのは狸。私、狸だけはだめなのよ。その昔、狸汁を騙《だま》して食べさせられて以来、狸アレルギーなの。ひきつけを起こすの、悪いけど」

「いいんだ……いいんだよ」

「そんな悲しそうな声出さないで」

「別に、いいんだ。他にも心当たりがあるから」

「あら、そ？　いい女なの？」とたんに声が意地悪くなるのは、どうしたことだろう。

「最高だよ。とりわけ脚がね。思わずふるいつきたくなるようなふくらはぎから足首への線でね」

俊介は、東伊豆の別荘の壁に張ってあるマレーネ・ディートリッヒのポートレートを思い浮かべながら答えた。「それに彼女、すごみのあるセクシーな低い声の持ち主でね。少し震えを帯びた声で、唄《うた》も歌えるんだ」

「もしかして、その女《ひと》、今生きているとすれば九十歳に近いお婆《ばあ》ちゃんじゃない？」

女流作家はこれだから困る。何もかもお見通し。そして実に現実的なのだ。

「オイ、大西」と部長の声が飛ぶ。

「お前、さっきから女に振られても振られてもよくねばるなあ。仕事の方も、それくらいのねばりを、ぜひともみせてもらいたいものだよなあ」

＊

さてその雨の週末。東伊豆の別荘の、屋根つきのベランダに二つ並んだ寝椅子《カウチ》。そのひとつからにゅうっと突きだしているのは、悪友、三四郎の汚らしい毛臑《けずね》。

「おい、俊介！　こんないい隠れ家、なんで俺に今まで黙ってたんだ⁉」すでに、相当きこしめしただみ声だ。

「だからこそ隠れ家なんだよ」

憮然《ぶぜん》と答える俊介。

願い通りの雨。雨の海。雨の向こうに霞《かす》んで見える大島の島影。すぐ眼下の巨大な岩の上には、梅雨にもめげず釣り人が点在している。岩を洗う波がくだけ、純白の飛沫《しぶき》が高く上がる。部屋の中に充満するオゾンと潮の香り。

「おい！　シュンスケ」

三四郎が空になったゴブレットを頭上で振る。

「パパ・ドーブレ・ポルファボール！」

「いい気になるなよな！」

と言いつつも、俊介は三四郎の手からゴブレットを受け取ると、奥へ入って行く。テキーラとライムジュースとレモンジュースを一対一対二の割り合いで混ぜ、トリプル・セックをほんの一、二滴。大量の氷と共にブレンダーに入れ、ガーッとスイッチを入れる。

その間にゴブレットの縁をライムで濡《ぬ》らし、逆さにして塩を押しつけてスノー・スタイル。ブレンダーの中味をたっぷりと注ぎこむ。三四郎が六杯目。俊介が五杯目のフローズン・マルガリータだ。

「三四郎頼むから、その毛臑の足をなんとかしてくれ。やりきれんから」

と言いつつ、悪友とグラスを合わせる。

「おまえ、女に振られたからって俺の毛臑に当たり散らすなよな」

時々、雨の降りが強くなる。ベランダの横の小さな庭の芝が、鮮やかに息づいている。今を盛りと咲いているアジサイの色が、なんともいえず美しい。俊介は室内に立ったまま、壁の上のポートレートを眺める。

広い額、こけた頬、弧を描いた細い眉《まゆ》。倦怠《けんたい》と頽廃《たいはい》と、ユーモアと慈愛をたたえた眼《め》。そしてあの脚。ふるいつきたくなるような完璧《かんぺき》に美しいマレーネ・ディートリッヒの脚。

——乾杯——と俊介はポートレートに向かってひっそりと呟《つぶや》く。

——我々に乾杯。そして我々二人がこれから犯すであろう全《すべ》ての過ちに乾杯——。この科白《せりふ》——三四郎の代わりに来ていたはずの女に言うつもりだったとっておきのこの科白——。

〈俊介の独白《ひとりごと》〉

ヘミングウェイがいつのまにか僕の血の中にとりついてしまっている。釣りが好きなのも馬に夢中なのも、海の側《そば》にいたいのも、パパ・ヘミングウェイの影響だと、自他共に認めている。

自然と常に接していたいという要求が人一倍強いのかもしれない。肩や背に太陽の日射《ひざ》しを重いほど感じていると、僕はほとんど幸せそのもの、といった状態になる。そこに潮風が吹いていたら更に言うことはない。その上フローズン・マルガリータを片手に、燃えるような夕陽《ゆうひ》を眺めることができたら、もう僕は何もいらない。何も望まない。

　フローズン・マルガリータではなく、クラッシュド・アイスのダイキリじゃないの、それもパパが愛したのはダブルで、と廻燿子の口を尖《とが》らせる顔が見えるようだ。そう、事実はそうだ。でも僕にだってプライドと好みってものがある。大好きな親父《おやじ》さんとはいえ、何もかもヘミングウェイの二番煎《せん》じでは、これはまるきり馬鹿としか言いようのない世界だ。で僕はフローズンのマルガリータ。ささやかなる抵抗なのである。

　風や太陽を、直《じ》かに毛穴に感じていたいから、馬に乗るし、その理由で、冬でも多少の雨でも、僕はトップをオープンした車で走り回る。夏は暑く、冬はやたら寒い。それは人はやせがまんだとか気障《きざ》だとか言うけれど、何と言おうと僕はかまわない。それは単に、気持がいいからそうしているだけのことで、他人にそうしろと言っている訳でも、無理矢理に同乗を強いるつもりもない。

　カエル顔の愛車オースチンにいたっては、ウィンドー・スクリーンさえ取り外して、まるでボーイズ・レーサーの世界。ゴーグル必須で、それなくしては眼さえ開けてはいられない。まるでわざわざ苦しむために車に乗っているみたいね、と言った女がいたが、やせがまんだとか気障とか言うよりは、こっちの方が多少は当たっていると思う。

　パパならこんな時どうするだろう、というのが、僕の生き方のある部分の尺度になっていると思う。

デックとさまよい歩いた森や川沿いの道。夜ともなればテントを張っての夜営だ。小さな焚火《たきび》を起こし、釣り上げた鱒《ます》にコーンの粉をまぶして、ベーコンの油でカリカリに焼き上げる。我がパパ殿には悪いけど、これはスタインベック流儀の料理だ。眼の前のせせらぎの中から、野生のクレソンをつみ取ってつけ合わせる。ほろ苦さが口に広がる。静けさが幕のように落ちてくる。デックと二人だけだ。幸せで、なんとも淋しい一時。

豪雨に襲われた夜もあった。テントの中で寒さと惨《みじ》めさに震えながらビスケットを咬《か》じって、まんじりともしない長い夜。

シュラフに潜りこみ、眼を閉じても眠りは中々訪れない。近くに感じられるデック以外の動物の気配が気になる。そんな時には一晩中ナイフを握りしめたままだ。親父さんなら、どうするだろうかと考えながら。

時には、自分をニック・アダムスに仕立てあげ森をさまよい川を登る。ソバ粉のパンケーキも焼いてみた。ソバ粉七に小麦粉三の割り合いで溶いたものが、一番僕の口に合う。パパ殿はそれにリンゴジャムをはさんだらしいが、僕にはちと甘すぎる。きっとリンゴの種類が違うのだろう。酸味の強いクッキング・アップルならいけるかもしれないが、日本では手に入らない。

そこで僕は、カナダ産のメイプルシロップに、生のレモン汁とで代用することにした。酸味と甘味が絶妙で、ソバ粉のパンケーキには中々いける。ヘミングウェイが生きていたら、絶対に教えてあげるんだけどね。

コーヒーは、パパの流儀が、野営には絶対的に合う。冷たい川の水にひいたコーヒーを入れて、水から沸かす淹《い》れ方だ。

伊豆に別荘を借りたのも、ひたすらヘミングウェイの親父さんの生き様に憧《あこが》れたからだ。

「どんなのをお探しなんです？」

と伊豆の不動産屋が訊《き》いた時、夕陽がきれいで、砂浜があり、しかも波飛沫が直接かかるようなところにある洋風の家、というのが僕の条件だった。

不動産屋が探して来てくれた家は、海に迫《せ》り出すように建てられた四十年前の、アメリカ人の家だった。なんでも昔の帝国ホテル、例のロイド・ライトが建てた建物が好きで、少しでもそれに似せさせようと、伊豆の大工を一週間、実際に当時の帝国ホテルに寝泊りさせて研究させた、といういわくつきの別荘だった。いかにもアメリカ人らしい発想だったが、昔の帝国ホテルとは似て非なること夥《おびただ》しい木造の建造物で、無理にこじつければ、煖炉《だんろ》のあたりに、ロイド・ライトの影がチラリと一瞬くらい、ささないこともないという程度の代物だ。

しかし、波飛沫の件は嘘いつわりなく、理想以上に、盛大に飛沫が降りかかってくる。特に台風の前後には……。

しかし、夕陽はどこか反対の方角に沈むし、白砂をたたえた砂浜の影も形もない。それでも僕は喜んでこの家を借り、盛大な波飛沫にびしょぬれになりながら、歯ぎしりをしつつフローズン・マルガリータを片手に、幻の砂浜と見えぬ夕陽を想像するのである。ああやせがまんの僕。

この僕が、パパ殿の最も愛するキューバの美しい海に最も似ていると思ったのは、つい最近訪れたヨロン島の海であった。

これはもうほとんど一眼惚《ひとめぼ》れの世界だ。たわわに実る南国の果実。庭のバナナを二、三本取って来て、バナナ・マルガリータも思いのまま。サバニという名の世にも美しい細身の舟を手に入れての釣り三昧《ざんまい》。正に正に理想の別天地。パパ殿に一番近い島がヨロン島。

問題は、廻燿子が隣人になるということだ。あの方と、あの小さな島で共存することが可能かどうか、とくと考えてみることにしよう。

「なに？　サバニに乗って釣り三昧？　あらまあ俊介、それじゃ早々と老人と海じゃないのさ」

そういう燿子の嘲笑《あざわら》う声が聞こえてきそうだ。

磯のアワビの片思い

〈本日のメニュー〉

アワビのシャブシャブ

純米酒は新潟「久保田」の「万寿」

鉄火丼

〈本日のデザート〉

藤木景子（人妻）

歌舞伎座《かぶきざ》の方角からうつむき加減でやって来た女と、これまた考え事に熱中していた大西俊介は、すんでのところで正面衝突をするところであった。

一瞬の反射神経でそれを回避したのは、乗馬で普段鍛えている俊介だったと言いたいところだが、女の方だった。

ヒラリとよけたので、俊介の躰《からだ》に触れたのは、彼女のスカーフの一部だった。あまりにも鮮やかで彼は自分が闘牛士を突きそこなったトンマな牛のような気がした。

「あら」

とその女が言った。「大西さん？　大西俊介？　そうよ、俊介じゃないの！」

その声に含まれる無防備なばかりの親愛の情が、俊介を驚かせると同時に感激もさせた。が、相手が誰《だれ》で、どの時代に属したのか、まるで思い出せない。もちろん、そんなことは曖気《おくび》にも出さず、両手を大きく広げ、満面の笑みと共に、彼は言った。

「こいつは驚いた。こんなところでパッタリ逢《あ》うなんて、何かの縁だよね。うれしいなぁ」と調子よく握手をし、「最後に逢ったのは、いつだった？」と実に巧妙にさぐりを入れる。

「驚くなかれ二昔も前よ」

とすると、俊介十九歳の春だ。バリバリに突っぱってたバイク時代だ。彼は後ろに乗せて腰にしがみつかせた女の子たちの顔をアレコレと素早く思い浮かべた。ヨシコではないし、マリコでもない。ユッコ、ヤッコ、クリ、チャコでもないし。

「俺のドゥカティ覚えてる？」

スミコでもないし、アヤでもない。

「シルバー・メタリックのやつよね」

「シルバー・ショット・ガン。今でもガレージで健在だよ」

その時、生温かい突風が吹いて、女のスカーフを吹き上げた。風に舞う白いスカーフ。前方を行くカワサキのバックシート。いつも白いスカーフを風にはためかせていた女の子。記憶がよみがえった。

「それにしても景子」と俊介は咄嗟《とっさ》に浮かんだ名を親しげに口にした。二十年ぶりに口にする名前の甘美さ。「あの頃《ころ》は突っぱりの小悪魔だったけど、今は何ていうか、年相応のいい女になったね」

バックシートで俊介の腰にしがみついていた女の子たちの顔を、いくら思い浮かべてもわからなかったはずだ。景子《けいこ》を俊介がドゥカティのバックシートに乗せたことはなかった。俊介がそれをどんなに切望したか知れないが、彼女はただの一度も彼の願いをかなえてはくれなかった。彼女はあの怪物みたいにでかいバーチカル・ツインのカワサキW1《ダブルワン》を乗り回していた、これまたでかいバイク野郎の背中にいつも張りついていたのだった。

それにしても女は変身するものだ、と彼は思った。白いスカーフを連想しなければ、藤《ふじ》木《き》景子だと思い出せはしなかったろう。

娘の頃の頰《ほお》のふっくらとした感じが消え、贅肉《ぜいにく》のまったくない顔。ジャンフランコ・フェレのものと思われる白いスーツの着こなしもきまっている。あの汗臭い十代の少女の面影は、わずかにキラキラ光る瞳《ひとみ》に残っているだけだ。

「どうしてるの、今?」

と彼女が訊《き》いた。

「あの頃、死んでもなりたくなかったことしてるよ。サラリーマン」

「わたしもそうよ。——ただの人妻」

二人の視線がそこで絡む。

「あなたは?」

「結婚？　するわけないよ。景子にとことん振られたんだもの」

「調子いいこと言って。ミエはどうしたの？　婚約してたんじゃないの?」

「それもパー。クリスマスにさ、金なくて、彼女に何にもプレゼント買えなかったんだ。彼女の方は俺に、当時の月給のほとんど全部注《つ》ぎこんでバカラのグラスをセットで贈ってくれたんだけどね」

いつのまにか俊介は当時の言葉遣いで喋《しゃべ》っている。

「で、俺さ、さすがに反省して。クリスマスの朝、目覚めてふと外を見ると一面の雪だった。外へ出て、庭一杯に〝I　LOVE　YOU〟と雪の上に描《か》き、ミエを起こした。〝ミエ、俺からの心からのプレゼントだよ、ちょっと見てくれよ〟

ミエは眠い眼《め》をこすりながら、窓の外を見た。〝プレゼントって、どこにあるのよ?〟おそろしく現実的な声で彼女が訊いた。〝あれさ〟と俺が指差した。庭一面の〈I　LOVE　YOU〉。

ところが彼女の顔色が変わったんだ。〝何よ、あんなもの〟それからすごい剣幕で、俺にくれたバカラのグラスを片っぱしから壁に叩《たた》きつけ、ひとつ残らず割ってしまったね。〝あたしは、バラの一本でも良かったのよ。あたしのために、あなたに何か贈りものを買ってもらいたかったのよ〟

〝俺、ミエのためにホワイト・クリスマスを贈ったんだけどな〟

〝調子いいこと言わないでよ。もし偶然に雪が降らなかったら、どうするつもりだったの。窓ガラスに〈I　LOVE　YOU〉って描くの!　ケチ!〟

それで終わり。グラスのすさまじい破片だけを残して、彼女は出て行った。永遠に」

バイク時代の女に逢ったせいか、どうも口のネジが緩んだようだ。俊介はつい吐露してしまった思い出話に、照れた。

「今のあたしなら、どんなものよりも雪に描かれた〝I　LOVE　YOU〟を取るけどね。多分、ミエも同じことを言うと思うわ」景子がしんみりと言った。

二人は懐かしさのあまり、すぐには立ち去りかねて、近くのホテルのカフェに移って話を続けた。

「そうよ、宝石や毛皮なんて、どうってことないのよ。そんなものいくら積まれても、うれしくもなんともないわ」景子が遠い眼をする。「青春が懐かしいわね。もう取り返しのつかない青春――」

「覚えてる、景子？　一晩中ぶっとばした朝、みんなで飛びこんだ飯屋。トラックの運ちゃんたちで一杯でさ。ギロッと睨《にら》むのをさ、精一杯強がって睨み返してさ」

「うん、覚えてるわ。あの時のどんぶりご飯とみそ汁、美味《おい》しかったなぁ」

「醤油《しょうゆ》漬けのマグロがのってた奴《やつ》だ」

共通の体験の記憶が二人をぐっと近づける。ましてや食に関する共通の体験だ。

「今は、幸せになってるんだろう？」

とつい、プライベートゾーンに踏み込んでしまうのも、人情というものであろう。他《ほか》の男のガールフレンドだった女を、思い続けた時期が一年ほど続いたのだ。片思いの青春の残滓《ざんし》。俊介は、眼の前でコーヒーカップに視線を落としている美しい女を眺める。

「広尾に家があって車が三台。コリーを飼ってるわ。二人の息子は幼稚舎からケイオーに入れたし、夏は軽井沢でテニス三昧《ざんまい》」

「結構ずくめじゃないか」

「先を聞いてから言ってちょうだい」と彼女が表情を曇らせる。

「この十年来、私たちは夫婦のことやってないのよ。彼は働き盛りで人間関係のストレスもあったりして、アレがだめなことが続いたの。

　私もそんなものかと思ってた。それがある時、夫に愛人がいることがわかったの。その女と週に二回はやってたのよ。その間、私には何にもなかったのによ。あの十年間――。それを思うと、私は気が狂いそうになるのよ。私の三十代は何だったのかって」

「遠慮しないで、きみも恋愛をすれば良かったんだよ」

「それも何度も考えたわ。ひもじい時もあったから。でも、私がしないかぎり、夫もしないんじゃないかと、どうしてかそう考えたのよ。私が我慢しているかぎり、彼も我慢してくれるって。ばかだったのよね。自分一人が我慢しただけで。でもこういうのって、よくある話なのよね」

「信頼が人を盲目にするというケースだね。で、離婚考えてるの？」

　人妻の生々しい告白に、微《かす》かな嫌悪感を覚えるが、なんといっても景子は青春時代のマドンナだ。

「広尾の家と車三台と夏のテニス三昧と引き替えにするだけの価値があるかと考えて、踏み止《とど》まったわ。今度は私の番」

「きみの番って？」

ギクリとして俊介が訊いた。

「不倫をやってやってやりまくるつもり」

「眼には眼をっていう奴だ。俺はすすめないな」と俊介は腕を組み眉《まゆ》を寄せた。

「あなたがどう思おうと私はいいの。私はネ、普通の女が一生にするセックスの回数と同じだけやって死にたいのよ。ひとより十年分損したまま老いたくないのよ。絶対に」

景子の声には、どこか真摯《しんし》で必死な響きがあった。

「わかったよ、景子。その件では俺には何もしてやれないと思うけど――つまり協力してあげるわけにはいかないけどさ、少なくともきみのはなばなしいセックスライフの始まりを記念して、門出の祝膳《いわいぜん》くらいは用意してあげられるかもしれないよ」

「持つべきは友ね。何をご馳走《ちそう》してくれるの？」

「昔懐かしいマグロの醤油漬けの鉄火丼《どん》なんてどう？」

「藤沢《ふじさわ》の国道沿いまでいくの？」

「いや。代々木上原」

「美味しい店があるの？」

「とにかく、行ってみればわかるさ。いつにする？」
「いつでもいいわ。月曜日から日曜日まで、全くアヴェイラブルよ。今夜はどう？」
「オーケイ。七時に、このアドレスに来てくれる？」と俊介は彼女の手に紙切れを握らせた。

会社の帰りに、行きつけの築地の魚屋に電話で注文しておいた材料を受けとると、俊介は自宅に直行した。マグロは上等の赤身。醬油に漬けこむのには、いささかもったいないような代物だが、素材が良ければ味もまた良し。ガス炊飯器をセットしておく。

鉄火丼の前にと用意したのはアワビだ。魚屋の親父《おやじ》に言って、身が青緑色を帯びたものを頼んだ。これを薄切りにして、シャブシャブにする。

銅のおろしがねの把手《とって》の部分を、アワビの殻と身の間の薄い部分にぐいとこじ入れ、柱を探しだして、把手をクイッとひねると、殻から身が簡単に外せる。

滑り易《やす》いので、清潔なフキンの上に身を乗せ、良く研いだ包丁で、薄くそぎ切りにして、フグサシの要領で大皿にきれいに盛りつけておく。

タレは、アワビのキモを潰《つぶ》してポン酢と合わせたものを用意し、あとは、客の来るのを待つだけだ。そうそうこの際、酒は冷酒。といってもチリチリに凍らせたようなのは口がにぶるので、今夜はバツ。今流行の吟醸酒にも抵抗して、あえて純米酒を選ぶ。

「百寿《ひゃくじゅ》」「千寿《せんじゅ》」「万寿《まんじゅ》」と出世していく新潟は久保田《くぼた》の「万寿」を、冷蔵庫の中ではなく、アイスバケットに氷をつめ、その中にシャンパンのように突っこんで、冷やしておく。

七時。ルルルルと鳴ったのは玄関のベルではなく、電話の方。出ると景子だ。

「どうしたの、道に迷ったのか」

「迷ったのは道ではなく、私の心よ」

「で、今どこなのさ」

「まだ家なの」

「広尾だろ？　そう遠くないから、今からでも出ておいでよ」

「いったんは出たのよ。でも戻って来ちゃったの」

「アワビのシャブシャブも用意したんだよ。しかも外房《そとぼう》のアワビだぜ」

「だってそこ、料理屋じゃないんでしょ？　あなたの自宅でしょ？」

「だから？　俺のこと、信用してないのか？　絶対に妙なことはしないって、約束するよ」

「それって逆に傷つく」と彼女は一呼吸置く。「問題はあなたじゃないの、私の方なの。私が私を信用できないのよ。——この意味、わかる？」

「うん、なんとなくね」と俊介。

「実はね、あなたと逢うために身じたく整えていたわけなのよ。シャワーを浴びたのまでは、まあいいわ。女友だちと夜、食事をする時だって、シャワーくらい浴びて出かけるものね。

ところが、無意識に身につけた下着に、私愕然《がくぜん》としたの。まだ一度も身につけていなかったシルクのものだったの。この意味も、俊介、わかるわね？」

「ああ、よくわかるよ」

「そのことに気づいて、私、途中から引き返して来ちゃったのよ。すごく惨《みじ》めだったわ」

「ごめん」となぜか俊介は謝ってしまった。

「でもさ、景子、もしも仮に俺たちが自然の成りゆきで、そういうことになったとしたら、それはそれでいいじゃないか。シャブシャブ食べにおいでよ」

「ううん、自然の成りゆきで、そういうことにはならないのよ。私にはわかるの。あなたは絶対に据膳は食わないって」景子はわざと自分を卑下したようにそう言った。「あなたは同情や哀れみの感情で女を抱かないって――」

「それがわかっているんなら、いいじゃないか、来れば」

「俊介ったら、何にもわかってないんだから。問題は私の方なのよ。下ろしたての絹の下着を身につけちゃってる私の方なの」

「何なら、普段のやつにはき替えて来たら？」

「怒るわよ」

「ゴメン」今度は本心からのゴメンだ。

「俊介、今でも私のこと少しは好き?」

「もちろん、好きだよ」

優しい気持で彼は答えた。

「じゃそのまま好きでいてちょうだい」

「やっぱり来ないのか」

「そう、行かないわ。だって行ってしまったらあなたはきっと私を好きじゃなくなるもの」

「今の、電話をしている景子のことは、好きだよ」

「電話は声だけよ。現実の私は飢えた肉体をもて余している盛りのついた雌犬なの」

「そんなふうに自分のことを言ってはいけないよ」

「それが現実なのよ、俊介。お願いだから、あなたはずっと私に対して片思いでいつづけて」

「わかった」

と俊介は静かに言った。「今夜独りで、昔と今のきみを思って、アワビを食い、酒を飲むよ」

「私があまり不しだらに身を持ち崩さないよう、祈っていてね」

「大丈夫だ、その点なら。きみは身を持ち崩したりしないよ。俺が保証する」

「どうして、そんな風に確信がもてるの？」

「どうして？　だってそれはたった今、きみ自身が証明してみせたじゃないか。君は口で言うほど不しだらはできない女だと思うよ」

「ありがとう」という景子の声は湿っている。「今夜、誘ってくれてありがとう。それから私の気持をとてもよく理解してくれて、うれしいわ。時々、私のこと思い出して、心配してくれるわね？」

「もちろん。時々ではなく、毎日思い出すよ。そして、心から、きみのことを心配するよ」

「よかった。どこかで誰かが、一人でも、私のことを心配してくれているってわかっていたら、私、もしかしたら身を持ち崩さずにすむかもしれない」

「約束する。その誰か一人ってのは、俺だ」

「アリガトウ」

　景子からの電話が切れた。

＊

　俊介は食卓に鍋《なべ》の用意をし、水を沸騰させる。アワビの一切れをその湯の中で振って、火を通す。キモ入りのポン酢にちょっとつけ、口へ運ぶ。それから冷えた酒を一口。またアワビへ箸《はし》を伸ばす。黙々とそれを交互にくり返す。そして呟《つぶや》く。景子、のり切ってくれよな。しかしあんまり無理もするなよ。たとえ一度や二度、身を持ち崩すことがあったって、俺たちは友だちだ。

ふと彼は、自分の不毛さに眉を寄せる。苦しんでいる女が現実にいるのに、手を貸してやれないもどかしさを思う。けれども人生には、そっとして放《ほう》っておいてやることが救いになることもあるのだ。そう思うようにしよう。

景子、今でもきみが好きだよ。たとえ身を持ち崩しても、ずっときみのことは好きでいると思うよ。そして景子、俺を片思いのままにしてくれて、ありがとう。恩にきるよ。酔いが回り始める。俊介は更にひとりだけの酒盛りを続ける。

過去からの声

〈本日のメニュー〉

特製サンドイッチ

（チキンとそのつめもの入り、アップルソース）

山羊のチーズ

赤ワイン＝ムートン・ロスシルト

〈本日のデザート〉

高橋ミエ

（イタリア料理店経営兼ソムリエ）

ピアノが、〝ジョージア〟の前奏をポロロンと奏でる。グランドピアノを形《かた》どったカウンターの端で、マイクを握りしめているのは、三四郎だ。

この店に来ると、必ず誰《だれ》かれからともなく、三四郎に声がかかり、彼は、手から手へと回って来たマイクロフォンを、何か初めて見る物体ででもあるかのように当惑の面持で眺め、更に促されてようやく、諦《あきら》めの溜息《ためいき》をつき、

「それでは」と呟《つぶや》く。

それを合図にピアニストが〝ジョージア〟の前奏をポロロンとやる。三四郎の唯一のレパートリーなのだ。

やがて、三四郎が歌い始める。独特の掠《かす》れたような塩辛声で、一種、森進一《もりしんいち》調のドスのきいた歌い方だ。

古今東西のどんな歌手とも違う声法、そして声の質。感情のおもむくままに、しかし抑制して、そして時に聴く人の胸を掻《か》き乱すほど激しく、三四郎は歌う。

——ジョージア、オン　マイ　マインド——

大西俊介は、親友の横で、グラスに視線を落とした感じで、その歌を聴く。聴くたびに、

瞼が熱くなるのだ。それは直接、彼のもっとも柔らかく繊細な領域に揺さぶりをかけ、不本意にも涙ぐませるのである。

〝ジョージア〟を聴くかぎり、三四郎は天才だと俊介は思う。ありとあらゆるプロの歌手の〝ジョージア〟を聴いたが、掛値なしで、三四郎の右に出るものはない。ただし、三四郎が歌手として世に出ることはありえない。彼が歌えるのは後には先にも〝ジョージア〟一曲だけなのだ。他《ほか》の曲を覚えようという意欲すらないのだ。

もっとも、仮に彼がプロで〝ジョージア〟のような歌い方で連日歌ったら、三四郎は一週間もたたない内にボロボロに擦り切れて、もぬけの殻になってしまうだろう。それくらい、精魂をこめるという意味だ。

三四郎が静かにマイクを置く。ピアノバーの客たちから感動的で温かい拍手と溜息と声援が上がる。

「暴走族時代のマドンナに逢《あ》ったんだってな」と、彼は拍手が鳴り止《や》まないうちに、俊介に話しかける。

「景子に逢ったのは事実。暴、走、族は訂正してくれ」

俊介は苦笑する。「それにしても誰から聞いた？」

「ミエ」

グラスを口へ運びかけて俊介の手が止まる。バカラのグラス六個を壁に叩《たた》きつけて、俊介から永遠に去った若き日の婚約者の面影が、彼の口から言葉を奪い取る。ミエが去って、俊介の青春が終わったのだ。

　ピアノの曲が変わり、〝オール・オブ・ミー〟が流れる。

「ミエは、逢いたがってたよ」

「だったらなんで俺に直接連絡せず、お前のところへなど電話したんだ？」

「勇気がないいんだとさ。電話してもかまわないかどうか、お前に訊《き》いておいてくれと頼まれた」

　三四郎はグラスを空け、バーテンダーの方を向いて、おかわりの合図をする。「どうだ？逢うか？」

「別にかまわんさ」

　俊介は肩を軽くすくめる。古傷はあとかたもなく癒《い》えている。その痕跡《こんせき》さえも残っていない。──と思う。

「そう伝える」三四郎はうなずいた。「この件おわり」

　新しいグラスが二人の前に置かれる。ピアノを取り囲むカウンター席は満員だ。ボックスの方にも空きはない。時刻は午前零時三十分。大人の時間帯だ。

「前にお前が喋《しゃべ》ったことに関して、ひとつだけ言いたいことがある」三四郎が静かな口調で言う。

「バルセロナの件だ」

　俊介が頷《うなず》き、三四郎が続ける。

「おまえは、ガウディの意志に忠実なのは、今井田勲の小グループだけだ、と言ったよな。俺は違うと思うよ。サグラダ・ファミリアが何世紀にもわたって継承されていく建築物だということを、ガウディは承知していた。更に彼は、建築は、時代と共に変化していくものだということも承知していた。つまり、ガウディは変化を容認しているんだ。あの未完の建造物は、後の世代に残されたいわば試練のようなものなんだと思う」

「しかし、お前も、裏側の地獄のファッサードのおぞましさを見たろう？」俊介は抗議の口調で三四郎を見る。

「見た」

「お前はどう思うんだ。同世代のアーティストとして、あれをどう思うんだ？」

「同じさ、おぞましい。——しかし、それすらも、この時代のある種の象徴なんだ。おぞましさも人間の弱さも醜さも含めて、すでにガウディは全てを容認しているんだ。良し悪《よ　あ》しを判断するのは、俺たちじゃない。歴史なんだ」

「ということだと、サグラダ・ファミリアが完成した暁には、偉大なガラクタの集大成ということもありうるんだ」

「あるいは、想像を絶する美の集大成であるかもしれん。今井田勲や、あのおぞましきバルセロナの彫刻家の時代の後に、また別の今井田や別のアーティストが現れる。人間、やることは同じじゃない」

「で、三四郎、お前の結論は何なんだ？」

「一番大事なのは、何かということだよ」

「何だと思うんだい？」

「建設を続けること。中断しないことだ。コンクリート派と石派との対立を、外側からあまり煽《あお》らないことだ。そうしたことも、自ら時が解決する。さしあたっては、俺もお前も今井田勲に好感を抱いている。その今井田が、気分よく毎日仕事ができるように、なんらかの手助けができれば、それでいいんじゃないか」

三四郎は六杯目のバーボンのおかわりを合図する。曲は〝アズ・タイム・ゴーズ・バイ〟。ふと俊介は廻燿子のことを思い出す。あの女流作家は、この曲に惚《ほ》れこんで、本当にカサブランカまで行って来たのだ。

「で、少しは成果が上がっているのかね？」と三四郎が訊いた。

「コンピューター会社には、企画書を提出した」

サグラダ・ファミリアが完成の暁には、石で出来た偉大な楽器であるという構想の下に、その音をコンピューターで作り出してみようという提案だ。

「それで、反応は？」

「日本のシステムを知ってるだろう。下から上がっていく内に、途中でウヤムヤになる。何人もの人間の裁決にゆだねるのは、絶望的なんだ。賛成が多いとバランスの為《ため》に反対を唱えるひねくれ者が、どの世界にも必ずいるからな」

「わかるよ」

と三四郎は言い、俊介の肩に手を置いた。「こういうことの裁決は、トップの一人の人間にゆだねるべきだ」

「しかし、俺はサラリーマンなんだぜ。直接の担当レベルを通り越してトップへ話を持ちこむことは出来ない。もっとも俺の伯父貴か何かがコンピューター会社の社長か会長をしていれば別だがね」

またしても話は堂々めぐりだ。

*

その週末の朝、大西俊介は愛馬デックと共に牧場で過ごす予定を急遽《きゅうきょ》変更して、ピクニック用のサンドイッチなど作っている。

なぜそういうことになったのかというと、過去からの声のせいだ。三四郎から承諾を得たといって、ミエが会社に電話をして来たのだ。「今更、電話なんてすべきじゃないと——」

とミエが開口一番言いかけるのを制して、俊介は言ったのだ。

「ミエ、そんなことはもういいんだ。お互い言い訳はよそう。それより、ドライブでもしないか。遠出して美味《うま》いものでも食おうよ」

「思い出の軽井沢なんてどう？」

雪の早朝、震えながら庭一杯に描《か》いた〝I LOVE YOU〟の文字が俊介の脳裡《のうり》を過《よ》ぎった。

「思い出ってものは、わざわざ出かけて確かめるものじゃないよ。そっとしておこうよ」

「行く先はまかせるわ。そのかわり、お弁当、私が作る」

「そいつも、俺にまかしてよ」

若い頃《ころ》、ご飯もロクに炊けなかったミエだ。料理はいつも俊介の役割だった。

「信じられないかもしれないけど、私、イタリアンの店やってるのよ。もっともシェフは本場のイタリア人だけど。私はソムリエの資格を取ったの」

「信じられない」

と俊介は一瞬絶句した。昔のミエは何かを持続してやれるような女ではなかった。何かの資格を取るなんてことも、むしろ軽蔑《けいべつ》していた。変われば変わるものだ。

「ひとつだけ訊いていいかい？」と俊介は電話で言った。「どうして急に俺に逢う気になった？」

「景子がね、危機一髪であなたに救われたって言ったの。積極的に身を持ち崩そうとしていた時に、偶然あなたに逢って――何もかも許してくれる人を裏切ることはできないって、彼女言ってたわ」

　ふと、ミエが口をつぐんだ。沈黙があった。

「ミエ――」と俊介が言った。

「もしかして、きみも今、危機一髪のところにいるのか――?」

「知ってるでしょう、あたしの性格を。いつだって危機一髪の状態で生きてるのが、あたし」

「その点は変わらないんだ」

　俊介は温かい声で呟いた。

　今、彼はキッチンで昨夜の内にローストしておいた、つめもの入りの鶏《とり》の丸焼きを解体している。鶏肉は、指で裂いて、バターを塗ったパンの上にのせる。その上にパテ状のつめものを部厚く重ねて塗りつける。つめものは、「セイジとオニオンのつめもの」という奴《やつ》。いためたみじんの玉ねぎとレバーとソーセージに、三倍量のパン粉を混ぜ、セイジで香りをつけ、塩、胡椒《こしょう》。それをミルクでしっとりとさせたものを、鶏のお腹《なか》にパンパンに詰めて、一時間半、ローストしたものだ。夕食用には熱々がいいが、翌日冷めたのをサンドイッチにすると、これまた素晴らしいのだ。イギリス人の大好物。決め手は、アップルソース。売っているのでもいいが、紅玉《こうぎょく》を煮てつぶした自家製が最高。それをたっぷりつめものの上に塗り、パンをかぶせる。部厚いサンドイッチが出来上がる。二つに切って、アルミの箱に詰めて行く。

午前十時に、ミエを待ち合わせの場所でひろい、俊介は東名高速を箱根《はこね》に向けて突っ走る。

二十年ぶりの再会だ。さすがに緊張する。ミエは基本的には何も変わっていない。目尻《めじり》と口の脇《わき》に笑い皺《じわ》が刻まれるが、それも今のところは魅力的に映る。

「三四郎に聞いたんだけど」

トップをオープンにしたポルシェの助手席で髪を風になびかせながらミエが言う。「大口のスポンサー探してるんですって？　それも惚れた男のためだってね」

俊介の耳にミエの声が懐かしく甘く、そしてほろ苦くこだまする。飛び去った二十年になんなんとする歳月に胸がしめつけられる。

「難しい局面に乗り上げているって、三四郎が言ってたわ」

「その話はよそうよ」

ミエには関係ないし、ちょっと辛《つら》いのだ。

「でも、少しだけ聞いて。余計なお節介かもしれないけど、自分なりに少し考えてみたのよ」

「あいかわらず、あちこちに顔や口を出すクセが抜けてない」

「自分自身のことで精一杯のくせにね」とミエは苦笑する。「いきなり何十億っていうお金を考えるから、壁にぶつかるのよ。月々二十万だって三十万だっていいじゃないの。そのお金で今すぐ出来ることから始めればいいのよ」

「しかしミエ、その二十万や三十万だっていざとなると出す人間はいないんだよ。一回こっきりの慈善事業じゃないいんだ。毎月三十万を何年も続けるってことになると、これはまた大変なんだ」

「何も一人の人間が三十万円出さなくたっていいじゃないの。一万ずつ三十人集めたらどうなの。今井田さんていう彫刻家の夢をかなえてやろうっていう人たちが、自分のお小遣いの中から、毎月一万ずつ出すのは、そんなに不可能なことじゃないわよ。なんなら、あたしも一口乗るわ」

　俊介の中で何かが弾《はじ》ける。ぎりぎりと彼をしめつけていた糸が、一カ所切れ、彼は急に楽になるのを感じた。何というさりげなさで、ミエは問題の解決の糸口を作ってくれたことか。しかも、突然の再会劇の真っ最中に。

「俺も一口乗る！」

　感動の面持で俊介は叫んでいた。危うくハンドルを切りそこなうところだった。それから、この話に喜んで賛同してくれそうな人々の顔を次々に思い浮かべた。同時通訳で世界を股《また》にかせぎまくっている三枝和子。むろん恋人の奈々子も。印税がガッポガッポ入る女流作家の廻燿子など喜んで三口も四口も申し出るかもしれない。そうやって数えていくと、すぐに二、三十人の顔が浮かぶ。

なぜ今までそのことを考えなかったのか、不思議なくらいだ。人間というもの追いつめられると、ごく初歩的なものが見えなくなるらしい。

何もたった一人のパトロネージでなくてもよかったのだ。三十人でも百人でもいいではないか。最初はそこから始めよう。

様々な分野のいろいろな人が、サグラダ・ファミリアの今井田勲に注目することが大事なのだ。そこから何かが大きく開けていくかもしれない。

「ミエ、キミは素晴らしいよ」

と俊介は叫んだ。

「単にお節介なのよ」

「いや、最高のお節介だ」

「それに、あたし、お店が繁盛してけっこう儲《もう》けてるの。たとえ月に一万円でも無償の行為に参加できるなんて、むしろ幸運だわ」

「そんなふうに考える人間が多ければ、日本も世界中から敵視されたり孤立せずにすむのにね」

流れ去る風景の中に樹木の数が増えている。風もひんやりとしたものに変わり、俊介のポルシェはＳ字カーブをわけなく駆けぬけて登って行く。

「もしあなたが立場上むずかしいのなら、あたしが事務局になってあげてもいいわよ」

「ああその時は頼むよ、ミエ」

俊介の顔に、笑みが浮かぶ。

「ところで」

と急にミエの口調が変わる。

「あたし、離婚しようと思ってるの」

「いささか唐突なお言葉」

と、俊介は、その重い会話を軽く受けとめようとして言う。

「ご亭主ってのは、シェフやってるイタリア人？」

「当たり。――仕事も家庭も何もかも一緒ってのは、辛いものがあるのよね」

「だろうね」

ミエは、それ以上多くを語ろうとはしない。俊介もあえて訊かない。芦ノ湖が視界に入って来る。

「ひとつだけ、俊介にお願いがあるの、きいてくれる？」

「ミエのためなら、たとえ右腕を切り落とせと言っても、喜んでそうするよ」

誠実に彼は答える。

「右腕はいらない」

と彼女が笑う。目尻の皺が深くなる。その皺を俊介は美しいと思う。愛《いと》しいと感じる。

「あたしのこと、遠くから見守っていて欲しいの。できないとは言わせない。景子には約束したんでしょう？　一日に何度も景子のことを考えるって。そう言って涙ぐんでたわよ、景子。妬《や》けたなぁ、あの時は。景子にそうしてあげられるんだったら、あたしのことも少しは気にかけてくれるでしょ？　どこかで、あなたが、あたしのこと気にかけてくれているって知ってさえいたら、あたしも乗り切れるような気がするの」

女の三十代後半は、激動の時なのかもしれない。

「もちろんだよ、ミエ」と俊介はいっそう誠実な声で答える。「ミエのことは気にかけているし、どんなこともしてあげるよ」

「その気持だけ頂き」

と彼女は陽気な声で言った。

「気持だけ？」

「もちろん。あたしの男の趣味、変わったの。どっちかっていうと、今はじゃがいもみたいにホッコリと温かい男がいいのよ」

「確かに変わった」

「ね？　だから気持だけありがたく頂くわ」

そしてまた彼女はコロリと話題を変える。「ランチはなに？」

「ローストチキンとスタッフィングとアップルソースのサンドイッチ」

「カントリー・スタイルね。ちょうどよかった。あたし店から山羊《やぎ》のチーズと、ムートン・ロートシルトの極上を失敬して来たのよ」

「そうだ、ソムリエなんだって、ミエ？　その話を聞かなくちゃ」

「そのうち、ゆっくり話すわよ」

と彼女は微笑する。「これからも時々、逢ってくれるでしょう？」

「もちろんさ、毎週でもいいよ」

「さてはおめあてはチーズと、ロートシルトのワインね？」

「それもあるけどさ、ほんとうは、ミエの魅力だよ」

「いいのよ、無理しなくても」

とミエは湖の方角に視線を移す。「年に、一度か二度。それで充分なの」

「それじゃ俺が充分じゃないよ」

「あいかわらず、格好つけるのね。ホッとしてるくせに」

女にはかなわない。俊介はいつもながら、そう思う。女にはかなわない。それが結論だ。せつないけど。

I LOVE YOU
& GOOD BY

〈本日のメニュー（夜食）〉

スモークサーモン入りオムレツ
ピンクシャンパン

〈本日のデザート〉

山口奈々子

素晴らしい一夜だった。充実の一語につきる。現在一番好きな女とホテルのバーで待ち合わせ、きわめて陽気にギムレットで乾杯。その後、彼女が言うところの究極の寿し屋《す》へ。それは浅草《あさくさ》にあるひどく感じのいい店で、出されるひとつひとつのネタはなるほど、厳選に厳選されたきわめつきの上物。俊介も、究極なる形容詞を、その寿し屋にささげることに、いささかの疑問を抱くことなく、食事は終わった。

好みの問題でもあろうが、寿し飯の固めなのが、俊介のアルデンテ好みと一致したのだ。腹ごなしに、隅田川界隈《すみだがわかいわい》を少し歩き、タクシーで、代々木上原の俊介の家へ帰った。二人で白ワインを一本あけ、上機嫌のままベッドへ、シーツの間へ。その夜の情事もこれまた、ことの他よろしくて、汗にまみれた二人の裸の上を流れるクーラーの冷風の満ちたりたクリスタル感覚。

「奈々子。やっぱり僕はきみをとても愛しているよ」

俊介はしみじみと言った。確かに彼女との関係は、もう激しく胸がトキメクようなものではなくなっていたが、それに変わる充足と安定と深い満足感とがあった。そして今の自分にはそれこそが、真に重要だと思うのだった。信頼による安定。彼はめったに喫《す》わないシガリロを取り出して来て、再びベッドに奈々子と並んで横たわり、ゆっくりとその味を味わった。

「怖いくらいだよ、奈々子。こんな完璧《かんぺき》な関係が、一体何時《いつ》まで続くかと思うと――」

彼は誠実な声で言うと、腕を伸ばして奈々子の頭を自分の腕に抱き寄せた。

「どんなものでも始まりがあれば、終わりが来るわ」

とても静かに彼女が言った。しかしそれは俊介が望んでいた言葉とは、ひどく違っていた。彼は当然、彼女が、「二人の関係は永久のものよ」と答えることを期待していたのだ。それはもしかしたら、彼女の人生観とは違うかもしれないが、少なくとも情事の余韻が二人を温かく包んでいる間は、多少大袈裟《おおげさ》な言い回しは、むしろアフタープレーのうちであり、情事の直後のマナーでさえあると思うのだ。

「僕らの間はそう簡単に終わりはしないよ」

と、彼はだから少し不機嫌な声で呟《つぶや》いた。

「簡単じゃないとは思うわ」

奈々子は歯切れの悪い言い方をした。俊介はそれにひっかかった。

「どういう意味だい、奈々子？　まさか――？」急に彼はえも言われぬ不安にかられて次に続く言葉を呑《の》みこんだ。

「まさか、なに？　俊介、言葉を続けて」

彼は首を振った。「いや、何でもないよ」

「いいえ、言わなければならないわ。あなたが呑みこんだ言葉こそ、真の意味があるのよ。勇気を出して、言ってごらんなさい」

「やめてくれよ。ここはきみのセラピーのオフィスじゃないんだ。それに僕はきみにセラピーを受けているのでもない」

先刻までの何もかも満ち足りた楽しさが、今や嘘《うそ》のように消えている。

「あなたが呑みこんだ言葉にこそ、真実が含まれるのよ」

と彼女は憎らしいほど冷静に言いつのりながら起き上がると衣服をつけ始めた。「あなたが言わないのなら、私が言いましょうか？　あなたはこう言おうとした。どういう意味だい、奈々子、まさか？　――まさか僕と別れようっていうんじゃないだろうね――違う？」

俊介はそれには答えず、半分ほど喫ったシガリロをぐいっと灰皿の中でひねりつぶして火を消した。

愛し合っていた時には、あんなにも柔らかく、アメーバのように彼の肉体の形に沿ってみせた同じ女が、今は衣服をきちんとつけて別人のように彼をみつめている。

別人のようだ、と俊介は口の中でその言葉を声には出さず転がした。吐き気のするような喪失の予感が彼に襲いかかった。

「きみは何を言いたいんだ」

「私が言いたかったのは、まさにそのことだったの」

「そのこと？」

「私たちの関係の清算」

「そんなこと誰《だれ》がきめたんだ」

「私。そしてあなた」

「僕はきめてないぞ」

「私の話をまず訊《き》いて。それから同意してくれればいいの」

「そんな話は聞きたくない」

俊介は強《こわ》ばった声で拒否した。

「聞いてくれなくてはいけないわ。私を助けてもらいたいの」

「きみを助けろだって？　いつもいつも他人の悩み事に助言してきたきみが、助けを求めている？」

「私だって人間よ。私だって女なのよ」

「そのことなら、たった今、ベッドの中できみは証明したよ」

「ちゃかさないで」

「わかったよ。話してごらんよ」

これまで奈々子が弱味を見せたことなど、一度もなかった。彼女はどんな時にも一貫して冷静で、自分自身を持った女だった。

「今まで私は、自分のしていることに対して、私なりの自信があったわ。いつも公平に物が見えたし、判断もできた。他人に期待を抱き過ぎず、私自身の判断の正しさに満足してきた。私には、弱味とか後ろめたさとか言ったものは、無縁だったの。でも、今はそうじゃない。私は方法を失ってしまったような気がしている。確信が持てないの」

「何かがあったんだね?」

俊介はその答えを聞きたくないと思った。

「そうなの」

奈々子が視線を伏せた。

「私、とんでもないことに、ぬきさしならぬところに、自分を追いやってしまったの。ひとを愛してしまったの」

「あいつだな?」

トール・ダーク・ハンサムの男の面影が俊介の脳裡《のうり》を過《よ》ぎった。眼《め》の底が暗くなった。

「こともあろうに、私の患者《クライアント》に――」

奈々子は溺《おぼ》れかけた人のように、あえいで言った。「こんなふうに人を愛してしまったことがなかったの。そのことが、セラピストとしての私の判断を狂わせるだけでなく、一人の人間としての安全性もめちゃくちゃにされるような気がするの」

「重症だね」

不思議に俊介は嫉妬《しっと》を覚えなかった。冷静だった。こともあろうに、恋人が他《ほか》の男に心を奪われているという告白をしているのに、彼はどこかでさめている自分が不思議だった。

「私はこんなこと全く望んでいなかったのよ」

深く溜息《ためいき》をついて、彼女が言った。

「でもね、奈々子、変な言い方だけど、僕はなんとなく安心したんだ。他の男にきみを奪われようとしているまさにこんな時に安心なんて言うのは実は妙だと思うけど、きみが完全無欠の女でないことを知って――驚いているんだ」

「一番驚いているのは、多分私自身よ」

奈々子は哀《かな》しそうだった。「それからあなたか、か、か、から私を奪、奪、奪った男っていう言い方は正しくないわ。彼はあなたから私を奪えはしない。私はそれが誰であろうと、男によって奪われるような女でありたくないの」

いつのまにか、彼女の頰《ほお》は濡《ぬ》れて光っていた。

「突然だけど」

と彼女が顔を上げた。「私、しばらく日本を離れようと思うの」

「確かに突然だ。離れてどこへ行く？　例のトール・ダーク・ハンサムが一緒なのか」

「彼と離れるために行くのよ」

「愛しているのに、離れていくなんて話は理解できない。そいつを愛しているんだろう?」胸は張り裂けそうだったが彼はこらえた。

「とても不純にね。愛しているわ。彼の全てが欲しいと思う。現在も彼の未来も、そして、もはやとりかえしのつかない彼の過去も全て、私の中にとりこんでしまいたいくらいに愛している」

「畜生」

と呟いた。俊介の心の中にぽっかりと空いてしまった暗闇《くらやみ》が、どんどん広がっていく。

「そんなに好きな男から、どうして逃げ出すんだい」

「私の自主性を維持するためによ」

奈々子は、低いがはっきりした声で、そう答えた。それが結論であるかのように。そしてたしかに結論なのだ。「ニューヨーク州で二年ばかり、教職につこうと思うの。私の出身大学に問い合わせたら、ひとつ口があるっていうから」

不意に俊介は怒りにかられた。

「もしも、男がきみを奪うというのなら、ある意味で納得がいくよ。けれども、きみがしようとしているのは自主性だか主体性だか知らないが、そんなもののために、過去まで呑みこんでしまいたいほど惚《ほ》れこんだ男だけでなく、親友であり恋人だった僕まで、置き去りにしようとしている。そのことが僕にはわからないよ」

「でももしも、私が私の主体性を失《な》くしてしまったら、私は私でなくなり、これまでのようなあなたとの良い関係も続けられなくなるのよ。今までのような気持の良い関係を取り戻すためには、私が再び自分をとり戻すことが必要なの」

「二年、アメリカで暮らせば、その自主性とやらがとり戻せるのかい」

奈々子がゆっくりとうなずく。

「もし二年して戻って来るとして、きみは、どっちに戻るんだい。僕か、それともトール・ダーク・ハンサムか？」

「恋はさめるわ。でも友情は変わらない」

「しかし二年後には、僕は今の僕と違うかもしれない。別の恋人ができて、結婚しているかもしれない」

俊介はわざと意地悪く言った。

「関係は変わっていくけど、それぞれの本質は変わらないのよ、俊介。私たちはそれでも友達でいられるはずよ」

「それはそうだね」

と、俊介はようやくうなずいた。

「でも、本気なのか。本当にニューヨーク州へ行ってしまうのか」

「九月の新学期には、向こうの大学で授業を始めてなくてはいけないの」

急に現実的な声で奈々子が言った。彼女にとってはすでに現実のことが、俊介にはまだ信じられないでいた。彼は自分が取り残されるような気がしていた。

「きみが僕の周辺からいなくなったら、どうして生きて行ったらいいか、わからないよ」

本音が口をついて出た。

奈々子が両手を差しのべて、俊介をその胸に掻《か》き抱いた。

「あなたは大丈夫よ。私と違ってあなたには、支えになってくれる友達が大勢いるじゃないの」

「きみの替わりはいないよ」

「私にとってもそう。あなたの替わりは、どこにもいない」

「それでも行ってしまうのか」

「ええ、それでも行くわ」

どこかが痛むような表情で奈々子が答えた。それから彼女はひとしきり、両手に顔を埋《うず》めて泣いた。

彼女がすっかり泣き終わるのを待って、俊介は訊いた。

「今の涙は、奴《やつ》のためだね？」思いのほか優しい声だった。

「ごめんなさい。でも彼の前では絶対に泣けないの」

それから、天井をふりあおいで呻《うめ》いた。「ああ毛穴という毛穴が痛いわ。血が吹きだしそう」

奈々子の、恋に身を焼く姿は、一瞬俊介に手負いの動物を思わせた。彼女をそんなにまで苦しめる男の存在を、初めて憎いと思った。

＊

「それにしてもきみという女は怪物だな」と、夜食——もしかしたら最後の——のために卵の殻を割りながら俊介が肩越しに言った。

「そんな重大な決意を抱いて、今夜、あんなふうにベッドの中で陽気にいられたなんてさ」

「じゃベッドの中でメソメソしていたら良かったの？」

奈々子が反論した。「お別れは陽気にっていうのが、私のやり方なのよ。泣くのは後でいくらでも泣けるもの」

卵六つを溶いた中に生クリームを少々入れ、塩こしょうをしておく。フライパンを温めている間、スモークサーモンを小口から太めの線切りにしていく。あればディルの葉をざっとまぶしておく。

オムレツの要領で卵をフライパンに流す。箸《はし》でたえずふわふわに掻きまぜ、半熟にしならない内に、刻んでおいたスモークサーモンをのせる。サワークリームを大さじ二杯更にのせて、卵で包みこむ。

中味が熱くなり、しかも卵が半熟の状態を見計ってフライパンから皿に移す。オムレツは時間との勝負だ。やさしいようで、完璧なオムレツは素人には作れない。俊介の出来も百パーセント満足のいくものではない。半熟の具合が少々進行しすぎてしまった。

冷やしてあったピンクシャンパンのコルクを抜くと、俊介は奈々子と共に夜食の食卓に向かった。大きめのオムレツを二つに切りわけ、それぞれの皿へ。こんなに親密な関係が、しばらく中断する、という実感が、改めて彼を打ちのめす。しかも彼にとっては突然のことだ。まさに青天のへきれき。

けれども、彼はもうそのことについては今夜は触れまいと思う。苦しいのは自分だけではない。奈々子の方が、どれだけ現実の苦しみを痛みとして感じているか、自分の比ではないのだ。

「アメリカへ行ったらさ」

と彼はできるだけさり気なく言った。「僕のことは後悔《ミス》しなくても僕の料理のことは大いに後悔《ミス》すると思うよ」

「わかってるわ」

奈々子はしんみりとうなずいた。オムレツの中からサワークリームがトロリと流れ出て来る。サーモンの塩気が、ほど良くきいている。甘みのかったピンクシャンパンとの取り合わせも上等だ。

「奈々子、きみがこんなにまで大切にする自主性って何なんだ？」

「私が私であるために必要な力」

「どんな自分自身でありたいんだい、きみは」

俊介は心からその答えが知りたかった。

「つきつめていけば、私が気持良く生きていける状態ってことかしら」

「それならわかるよ」と俊介はうなずいた。「今回きみは、逃げだすことで、自分を守ろうとしているわけだ。でも又、そういうハメになったら今度は葛藤《かっとう》するだけの勇気を持って欲しいな」

「葛藤する勇気――」

と奈々子はその言葉をくり返した。俊介はその傍《そば》で、奈々子を確実に失いつつある実感をどうやったら受け止めることができるのか、内心当惑していた。夜が更けていく。

象牙の塔と白雪姫

〈本日のメニュー〉

海蜇拌三絲

鶏の塩蒸し

〈本日のデザート〉

磯崎ルリ（女優）

夕方、一階の受付から「ご面会の女性が見えていますが」という連絡。

「女性の名は?」

大西俊介はものうい声で訊《き》いた。いつもなら、生き生きとするところなのだが——。目下のところは陰々滅々の俊介なのであった。

恋人、奈々子の別れの宣告以来一週間たつ。あの夜は、一応は納得もし、潔く夜食にオムレツ・グルメを作り、ピンクシャンパンで別れの乾杯などしたが、一日たち二日たち三日たつにつれ、自分が失おうとしているものの大きさ、貴重さに、うちひしがれてしまう。こうなると男というものは、案外女々しいものだ。うだうだぐだぐだと自己憐憫《れんびん》の日々をもてあましている。

二人が喧嘩《けんか》をするとか、お互いに飽々したというのなら納得できるが、原因はあのトール・ダーク・ハンサムにあるのだ。しかもそいつに恋人を奪われたというのなら、これまた男らしく、撲《なぐ》り倒すなり、あるいは納得して退きもしようが、そうではない。奈々子は、その恋を葬るために、アメリカくんだりまで逃げだそうというのである。一体俺は、奈々子にとって何だったのか、と、この一週間、俊介が自分に問いかけ続けたのは、その疑問だった。

「それが、〝大西さんを呼んで下さい〟っておっしゃるなり、公衆電話に飛びついてお話し中。訊く暇もないんです。すみません」と受付嬢が答えた。

「わかった。すぐいくからいいよ」

と言って、電話を切った。

降りてみると、訪問者と覚しき女の姿はない。一日の内で最も出入りの激しい時間帯ではあるが、ホールでうろうろしているのは、ほとんどが背広姿の男たちである。公衆電話の方にも、それらしき者はいない。男が二人と、ミクロネシアの女酋長《しゅうちょう》みたいな外国女が電話をしている。

「面会人は？」

と受付嬢に訊くと、公衆電話の方を指差してニヤリと笑った。

「ハァイ、シュンスケ！」

と、電話を切り終わったミクロネシアの女酋長が、真白い歯をむき出して笑うではないか。俊介、思わず後退《あとじさ》ったものだ。

「そういうあなたは——廻の燿子——？」

我が眼《め》を疑った。

「よくもまあ、そこまで焼きこんだもんだね。とうてい象牙《ぞうげ》の塔からお出ましになった青白き閨秀《けいしゅう》とは思えない」

「それそれ、そのことで来たのよ、象牙の塔。でも、出て来たのはティーンの合宿所と化した我がヨロン島の別荘からよ。そして入りたいのが象牙の塔」

「一体何の話だかよくわからないよ。とにかく、出ようよ。一杯飲み始めるのには丁度いい時間だし」

「だめ、こちらは時間がないの。これから新幹線で仙台《せんだい》へ講演に行かなくちゃならないのよ。ここで立ち話でかまわないわ」

相変わらず慌ただしい女である。

「とにかく聞いてちょうだい」と有無を言わさぬ調子。「夏休みでね、私のノラ娘たちがあちこちの留学先から帰ってヨロン島に来てるのよ。それはまあいいとして、その娘たちがそれぞれ友達を呼んでしまったものだから、今やあの静かな私の隠れ家は、体育会並みの合宿所と化したのよ。そして私がそこで否応《いやおう》なくさせられているのは、監督兼賄《まかな》い婦、兼洗濯女よ。これじゃかなわないと逃げ出そうにも監督がいなけりゃ、乱交パーティーになってしまう」

「それにしては、よく陽《ひ》に焼けてるね」

と俊介は、ティーン・エイジャー共を相手にキリキリ舞いをしている彼女の姿を思い浮かべて、思わずニヤリとした。

「焼きたくて焼いたんじゃないわよ。あの喧噪《けんそう》と乱雑さから逃れて、庭の隅っこで原稿を書いていたせいなのよ。そこであなたに相談なの」

「でもさ、僕、監督にはむいてないと思うよ」

と彼は早くも敬遠の一球を投げた。

「誰《だれ》があなたを監督に送りこむと言った？　監督どころか、率先して乱交パーティーのリーダーをやり出すあなたによ」

燿子は、真っ黒に陽焼けした顔で白眼をむいた。俊介、内心、ほっと胸をなで下ろす。

「相談というのはこういうことよ。そんなわけで私、今の別荘の隣りに、仕事専用の家を建てることにしたの」

「しかし、そのために今の別荘を建てたばかりじゃないか」

「でも今や、あそこは合宿所。私が言うのは象牙の塔よ。しっかり鍵《かぎ》をかけて、そこに閉じこもる。レゲエのゲェゲェいう音楽も聴こえて来ない別世界」

「それはわかった。でも僕に出来ることって？」

ホールの中で、立ち話をしている前後左右を、社の連中が無遠慮にじろじろ二人を眺めながら、通って行く。ミクロネシアの女酋長みたいな燿子相手では、無理からぬ話なのだ。

「あなたには何も出来ないわね」

と、なぜか燿子はいばって腕を組んだ。ますます女酋長みたいだ。

「じゃ何で僕のところへなんぞ、来たんだい」

実際それどころじゃないんだ。奈々子のことでうだうだぐだぐだしているんだから、放《ほう》っておいてもらいたい。

「その象牙の塔をね、私、ガウディの線で造ろうと思うの。直線や直面のひとつもない建物よ」

俊介は一瞬あの美しいヨロンの海を背景にしたガウディ調の建物を想像した。

「漆喰《しっくい》と石と木で造るの。屋根は藁《わら》でふくつもり。どう？」

「いいね。すごくいい。でもまだわからないな」

「ガウディの線っていうのがヒントよ。誰がガウディのことを一番知ってるのよ」

「今井田、勲？」

「当然！」

「でも彼は彫刻家だよ。建築家じゃない」

「だからよ。ガウディの建物なんて、図面に起こせないもの。私、今井田勲に、石膏《せっこう》の模型を造ってもらえないかと思って？」

「象牙の塔の？　きみのヨロンの別荘の隣りに？」

「やっと呑《の》みこめたようね」

と、燿子はニヤリと笑った。

「どう思う？」

「今井田勲なら、できるね」と、慎重に俊介は答えた。

「きみの要求にかなうのは、多分、今井田勲をおいては、他《ほか》にないね」

「あなたもそう思う？」

燿子の顔が南国の太陽のように、ぱっと晴れ上がった。

「じゃ、あとはまかせるわ」

「え？　僕に？」

「だって、今井田さんは、あなたの友達でしょ？」

「それはまあ、そうだけど……」

「私、急いでるの。休みごとにノラ娘とそのノラ友達に押しかけて来られちゃ、私の作家生命が危うくなるのよ」

「条件があるけどいい？」と俊介が言った。

「設計料のことなら、もちろん払うわよ」

「それとは別に。これはもしかしたら、バルセロナの今井田勲とサグラダ・ファミリアの、間接的なパブリシティーになるかもしれない。それはかまわない？」

「雑誌や新聞やテレビが押し寄せてくるの？　ヨロンにガウディ風の家が建ったって？　それじゃプライバシーも何もないじゃないの。お断り」

「方法論はまかせてよ。僕が最終的には誰の側の人間か知らないわけじゃないだろう？」

「誰の側？」わざと意地悪く燿子が訊いた。

「最後には、君を守る側だよ」

「それと今井田勲もでしょ？」燿子は再び腕を組み、考え、そして言った。「わかった。あなたを信用する。全てまかせるわ」

それから腕時計を眺め、飛び上がった。「大変、遅れちゃう」

彼女はそこでキョロキョロとホールの中を見廻《みまわ》し、「ルリ！」と大声で誰かを呼んだ。柱の陰から、若い女が現れた。いつのまに来ていたのだろうか。燿子と並ぶと白雪姫のようだ。

「磯崎《いそざき》ルリ。私の若い友達。彼女、女優なのよ。私が今夜傷心のあなたにつきあえないんで、彼女がかわりに、胸の内を聞いてくれるはずよ」

なんというお節介。しかし、断るには白雪姫、あまりにも魅力的すぎる。

「別に、胸の内を聞いてもらう必要はないけど」と俊介は二人のどちらともなく言った。

「それにしても、女のネットワークには、驚くべきものがあるね。奈々子に頼まれたの？」

「彼女はそういうことはしないひとよ。知っての通り。私の個人的なお節介」

「確かに。しかし今回だけは、喜んできみのお節介を利用させてもらうよ」

「というところで、邪魔者は消えるわ」

俊介は、この絶世の若い美女のために、大いに料理の腕をふるい、そうすることで奈々子に関するうだうだした感情を一時忘れられるのではないかと思った。

それならば、いっそ、複雑でむずかしい料理に挑戦してみよう。あれはどうかな？　鶏《とり》を一羽まるごと。部厚い塩にかためて蒸し焼きにするのは？　腹の中に香草を一杯詰めて。前菜は軽く海蜇拌三絲。字面はむずかしそうだが各種冷肉のコンビネーションにクラゲの和《あ》えものを添えたものだ。

＊

数時間後、代々木上原の自宅のキッチンで、シェフに早替わりした俊介は、若く美しい客人のためにせっせと腕を振い始めた。

居間では、その若く美しい客人は、バッグの中から週刊誌を出して読み始めている。

「何か飲むかい？」と俊介は、鶏の表面に約二センチの厚みに、まんべんなく岩塩を塗りつけながら訊いた。岩塩には、卵白がまぜこんであるので、火を通すと、がっちりと石膏のように固まり、鶏のうま味を逃がさず、蒸し焼きが出来上がる仕掛けだ。

「コーラある？」

「ジンジャーエールならあるよ」

食前にコーラを所望するとは、と軽い失望を覚えたが、俊介は明るく答えた。氷を入れたジンジャーエールのグラスを持って行くと、彼女は読んでいる芸能週刊誌から顔を上げた。

「ねえねえ、あなた、何座？」

「スカラ座、名画座、歌舞伎《かぶき》座」

嫌な予感が胸に湧《わ》いた。星座と血液型の話しかできない若い女の一人なのかもしれない。しかし、まさか、廻燿子ともあろう人間が、そんなつまらない女を紹介するとは思えない。

「星座のことよォ」

と女はユーモアの通じない声で言った。

「魚座」

少し憮然《ぶぜん》として俊介はキッチンに戻りながら短く答えた。

「やっぱり、そうだと思ったんだ」

「やっぱりって？」

とキッチンから念のために訊き返す。

「あたしはサソリ座なのォ」

「だから？」

「相性いいのよ」

すっかり塩で塗り固めた鶏肉を、オーブンの中へ突っこみ、俊介は黙って前菜の用意にかかる。返事をする気にもなれない。燿子の奴《やつ》、よくもよくも。

「もしかして、血液型はB型じゃない、あなた？」

居間からの声が続く。

「忘れたよ、そんなこと」

「B型よ。絶対にB型のタイプ」

「B型でもA型でも、別にいいよ」若い女に対する興味は、嘘《うそ》のように醒《さ》めてしまっていた。

「よかないわよ。A型じゃ相性悪いもの」

「じゃA型だ」

前菜を大皿に並べてしまうと、俊介は黙々と流しや調理台の上を片づけ始めた。

「一体何やってんのォ？」

と彼女が顔をのぞかせた。見ての通りだヨ、頭の足りないお嬢さん。そう言うかわりに俊介は不機嫌に答える。

「サッカーしてる。野球してる」

「それっておかしい」

「そうかね。本当のこと教えようか。僕が現在しているのは、退屈。そして後悔」

「だったら、そんな所から出てくればいいじゃないの。あっちで少しお話しましょうよ」

「きみ、魚座の男の性格、本当に知ってるの？」

「知ってるわよォ。ロマンチストなのよ」

「それもある。しかし、魚座には神経質って面もあるんだ。嫌となったらとことん嫌だという性格もある」

とにかく、居間に行き、床に落ちている芸能週刊誌をつまみ上げて、くずカゴの中に放りこんだ。磯崎ルリは何も言わなかった。

俊介は今や廻燿子のお節介に猛烈に腹を立てていた。

「ねえ」と、ルリが鼻を鳴らした。「今、あなた、何考えてるのォ？」

「きみのことだよ」

危険なほど静かに言った。

「あたしのことって？」

「どうやったらきみの気持を傷つけずに、お引き取り願えるかと、その方法を考えているんだ」

沈黙。白雪姫の顔がさっと赤くなった。

「すごく失礼だわ」と立ち上がった。

「承知しているよ」

彼は素直にうなずいた。

「あたし、こんな侮辱初めてだわ！」とバッグを鷲《わし》づかみにした。

「星座と血液型の話と芸能週刊誌から卒業しないと、また同じめに逢《あ》うと思うよ」

「でもあなたみたいに面とむかって失礼なこと言う人、他にはいないわよ」

「誰かが言ってやらなければ、君は自分のおろかさに一生気づかないだろうからね」

「お礼を言えっていうの？」

「それには及ばない」

「あたし、帰る！」

「引き留めるつもりはないよ」

次の瞬間、白雪姫はミニスカートをひるがえして、ドアの向こうに消えていた。

「サヨナラ！」

＊

二時間後、俊介は独りで食卓に坐《すわ》っていた。塩の石膏を崩した中から、蒸し焼きされた鶏のこげめが見えている。香ばしい匂《にお》いがあたりに漂う。あんな貧困なボキャブラリーしかもたない若い女と一緒に食べるくらいなら、独りで寂しく食卓に向かう方がはるかによかった。独り、奈々子の不在と向かいあって――。

その時ルルルルと電話の音。出ると、廻燿子だ。

「君の友情を今日ほど疑問に思ったことはない」

といきなり俊介は言った。

「あら⁉　デザートにチーズケーキを、と思ったんだけど、チーズケーキは好みじゃなかった？」

ケロリと相手が言った。

「僕はね、自分のデザートは自分で選ぶことにしているんだよ」

怒りを押し殺して俊介が電話に答えた。

するとと電話のむこうでくすくすと笑い声が起こった。しかも複数だ。

「さすがのあなたも磯崎ルリの名演技に引っかかったわね」

「名演技？」

「そう。彼女が演じたのは、頭の空っぽの若き美女。脚本は、わたし」

「な、なんだって」

「ちょっと待って。名女優に替わるから」

「もしもし」と相手が替わった。

「少しやり過ぎだったかしら？」ルリの声だ。

「確かに――、きみたちは、やり過ぎだ」

唖然《あぜん》として俊介はうめいた。

「あなたが私の演技にひっかかったのは、でも、私の演技が上手だったからって訳じゃないわ」と磯崎ルリは言った。別人のような口調だった。「女優なんて、どうせ頭が空っぽのお馬鹿さんにきまっているという、あなたの思い込みが私の演技を助けたのよ」

「どうやら、その思い込みを訂正した方がよさそうだね」

「人って、自分が見たいようにしか人が見れないものよ。あなただけが例外じゃないわ」

「もう一度、やり直せるかな？」

「どのあたりから、やり直したい？」

「そうだな。バッグの中から芸能週刊誌取り出す直前あたりから」

「鶏の塩蒸し、どんな具合？」

「すぐに飛んで来れば、出来たてに間に合うよ」

「じゃ、私たち、今からすぐ行くわ」

「私たち？」

「私と、廻燿子先生」

「先生の方は次回でいいよ」

と最後まで言い終えないうちに、電話が切れた。燿子の奴、最後の最後までお節介を焼く気だと、俊介、歯軋《はぎし》りしながら、三人前のテーブルのセッティングにとりかかるのであった。

〈俊介の独言《ひとりごと》〉

バルセロナからおよそ一時間のフライトで、岩に覆われた小さな島、ミノルカ島に着く。何年か前、僕が滞在し、すっかり魅了されたのはその島だった。

パパ・ヘミングウェイが、あいかわらず僕に取りついていた。もしかしたら、この島なのだろうか、僕がずっと探し求めていたのは？　ここなのか。眼に見えない何かを探し回って、僕は島中を散策して歩いた。

日射《ひざ》しが透明で、風の快さといったらなかった。

そこではカタルーニアの友人、テキスタイル・デザイナーの所有するコテージに滞在した。住み込みのマノロ老夫婦が僕の世話をしてくれた。

彼らが作ってくれた素朴な家庭料理は、どれも素晴らしく僕を幸せにしてくれたが、中でも新鮮なスズキを丸ごと一匹塩蒸しにした一皿には、忘れ難いものがあった。

演出が良かった。真白い岩塩のかたまりの中に、一体何が入っているのだろうという期待。木製のトンカチでポン、ポーンと塩を割った瞬間の胸のトキメキ。たちのぼる湯気と香ばしい香り。味は悪かろうはずがない。岩塩でひきしまったスズキの身は、ほどよい素材の香りと甘さを含み、僕は物も言わず（というより言えず）冷たい地酒の白ワインと交互に、ひたすらむさぼり食ったものである。

　新鮮なスズキなら、薄切りの刺し身にして、ポン酢で食べるのに限るわ、という人がいるが、僕は食に関して、こうあるべきだとか、こう料理するのに限るというのはつまらないこだわりだと常日頃《つねひごろ》思っている。ポン酢も美味《うま》い。それは認めよう。しかし、塩によってひきだされる得もいえぬうまみもあるのだ。あるいは白ワインとオリーブ油によって。またまたあるいは、ゴマ油や酒によって。どれが一番好きかというのは、人それぞれだ。しかしどれが一番美味いかをきめる手はない。それぞれにうまい。僕には何かひとつだけ選んで一番だ、ときめるのは辛《つら》い。みんな一番だ。

　マノロ夫婦のスズキの塩蒸しが長いこと僕の心にひっかかっていた。試してみたいというより、あんな大がかりな料理は、とうてい僕のような素人の手に余ると、頭から信じこんでいたところもあった。

　ところで僕の好きな中華料理の中に、乞食鶏《こじきどり》という名の一品がある。泥で包み固めた鶏一羽を、蒸し焼きにした料理だ。

　僕の中でこの乞食鶏と、マノロ夫婦のスズキの塩蒸しとが、いつのまにか微妙に重なりあい、合体していった。それが今度の「鶏の岩塩蒸し」という形になったのだと、僕は思う。ここで作り方を詳しく説明するのは避けるが――僕のは自己流で、多分本格的な作り方とはずいぶん違うと思う――、ちょっとしたアイディアの二つばかりは披露できる。そのひとつは、塩を包みこむ前に、鶏肉を紹興酒の中に一夜漬けて臭みをぬくと同時に香りを滲《し》みこませておくことと、塩と鶏肉の間に、水に漬けてもどしておいた竹の皮を割りこませるということの二点だ。

で、出来上がるのは、スペイン料理と中華料理の奇妙にも絶妙なる合体料理。ápa俊介。俊介風味。

僕はこれを備前《びぜん》の大皿にでんと盛りつけた。ガラスと鉄でできたル・コルビジェの食卓と、立派に勝負していたからね。

ガウディ、バルセロナ、今井田勲、ヨロン島の連想ゲームで、このところ僕の灰色の脳細胞は占められてしまっている。

鶏を一羽まるごと閉じこめてしまっている塩の石膏を崩していた瞬間、僕には、バルセロナの今井田勲が言った言葉が、聞こえるような気がした。

「俊介サン。ガウディの曲面は、全て必然なんですよ。驚くべき必然性なんです」

我々の眼に写るものは楽しげで心地良い遊び心の空間だが、ガウディの曲面には遊びはないのだ。

わかるような気がするよ。僕はこの鶏を塩で塗り固める時、真剣勝負をした。鶏自体のもつ曲面に、沿うように塗り固めていった。

だからそれを突き崩す時も真剣勝負だ。そして真面目《まじめ》に一生懸命食べる。一心不乱に食べる。それが僕だ。血液型や星座のことしか話題にできないような、能天気な若い女は、だから同席は願い下げだ。

「ダイエット中なの」と言って、小鳥の餌《えさ》みたいに突っつく女もごめんだね。

バリ島で出会った女

〈本日のメニュー〉

冷菜——豚足の煮こごり

堯柱荷葉飯（ハスの葉で蒸した五目飯）

レモングラスのサラダ

〈本日のデザート〉

メリンダ・パウ

（ユーラシアン美人の家具デザイナー）

ふと思いたって、大西俊介はバリ島はクタで、南国の太陽を浴びている。

場所が場所だけに、さんさんとと言う訳にはとうていいかない。ギリギリと皮膚に喰《く》いこんで来るような日射《ひざ》しだ。二カ月前ヨロン島で焼いて抵抗力がついているはずの肌が、あわれにもブスブスと焼け焦げる実感と闘う。

こうなるともう日光浴なんてものではない。オーブンの中のローストダックみたいなものだ。早いところ誰《だれ》か美人が通りかかって、「美味《おい》しそうで食べ頃《ごろ》な焼き具合だこと……」なんて言ってくれないと、たちまち真っ黒焦げの躰《からだ》と化してしまいそうだ。

ふと思いたってバリ島へ飛んで来る気になったのは、別れたばかりの恋人奈々子のせいである。つまり傷心旅行。辛《つら》い時には、徹底的に自分を痛めつけるのが、結局は回復の最短距離なのである。というわけで、真夏の赤道直下で、自分の肉体を痛めつけているという光景になるのだ。汗と共にありとあらゆる憤懣《ふんまん》や恨みつらみを絞り出してスッキリしようという魂胆。

その時、急に雲でも出たのか、俊介は顔に影が射すのを感じた。続いて涼やかにして仄《ほの》かな甘い香り。俊介は片目を開いて上を見た。

「よかった。生きてるのね」

若き日のジェニファ・ジョーンズの再来を思わせる顔が笑いかけている。それに東洋的な色合いが絶妙なバランスのユーラシアン。

「実は死んだようなものだけど、生き返ったら天国にいたというわけです」

飛び起きて、俊介が答えた。英語は調子よくスラスラでてくるし、声だってハツラツとしたものだ。一瞬前までの落ち込みが嘘《うそ》みたいだ。

「天国《ヘヴン》？」

ジェニファ・ジョーンズが片方の眉《まゆ》だけを上げて、小首を傾《かし》げた。

「その匂《にお》い、その風情——」

白い薄布の下に、すらりと伸びた脚が透けて見えている。

「香水のことね？　ランバンのメタル」

彼女はすでに歩き出している。当然のことながら、俊介、その横を、すでに何年もつきあっている恋人ででもあるかのように、エスコートして歩いている。

「ボクは、オーニシ。シュンスケと呼んで欲しい」

「ワタシはメリンダ・パウ」

「ところでメリンダ」

と俊介。「ランチを一緒にどう？」

「いささか唐突ね」

と彼女は、歩みの速度をゆるめずに言う。

「結婚しているかもしれないと思わないの？」

「結婚している女だって、毎日ランチは食べると思うけど」

「それはそうね。でもランチはだめ。先約があるの」

「ハズバンドと？」

「ハズはいないわ」

とメリンダが笑った。大いに勇気を与えられるような笑顔だ。

「ではディナーは？」

ふとメリンダが立ち止まり、俊介をみつめる。

「何をそんなに急いでいるの？　明日にでも発《た》つから？」

「出発は一週間先。——でもキミは、メリンダ？　いつまでこのホテルに滞在する予定？」

「ワタシは旅行者じゃないわ。クタの住民なの。ここへは仕事で出入りしているのよ」

いくつかのコテージを過ぎて、ロビーのあるホテルの建物が見えてくる。

「でもやっぱり、今夜がいいな」

と俊介は言った。「でないと、今夜、別の男がキミとディナーを共にすることになり、ボクは嫉妬《しっと》で気が狂ってしまう」

「日本人はもっとシャイな人種だと思っていたけど――」

「本質はそう。現に今ボクは、恥ずかしさのあまり、気絶寸前なんだ」

まんざら嘘ではなかった。容赦なく照りつける日射しのせいで、メリンダの美しさのせいで、俊介の頭はクラクラしていた。

「オーケイ」とメリンダがほほえんだ。俊介は今度こそ本当に気を失うかと思った。こんなに美しく機知に富んだ異国の女性が――。十分前には夢にも考えられなかったことだ。

「七時にホテルのバーで」と彼は喜びで掠《かす》れ気味の声で言った。

「その後で、素晴らしいレストランに案内するよ」

メリンダ・パウと別れると、大西俊介は自分のコテージに飛んで帰り、さっそく夕食の下準備にとりかかった。

こんなこともあろうと、トランクに忍びこませてきたハスの葉。恨みのハスの葉だ。ヨロン島で、廻燿子が薬草とまちがえて、躰をこすってぬれ雑巾《ぞうきん》にしてしまった記憶が生々しい。バリ島へ行くことを思いついた時、トランクに入れて来たのは、なんとなくハスの葉の料理と、島のイメージがぴったりだからであった。ヨロン島の屈辱をバリ島で晴らそうではないか。

俊介が滞在しているのは、キッチンつきのコテージだ。滞在型のバカンスの時にはいつもそうだ。毎日三食、自分で作る気にはならないが、土地の美味しい素材をみつけて何か作りたくなったら、自分で作る。大体南方の土地のレストランで美食にありつこうなんて望むのは所詮無理な話なのだ。美味なるものが食べたければ、自分で作る。これが彼の旅のモットーである。

昨日市場で見かけた豚足があまりに見事だったので、つい買い求め、その日の内に八角《はっかく》と肉桂《にっけい》を入れてゴトゴト煮たのが、冷蔵庫の中で冷えている。溶けだしたゼラチン質が、プリンプリンになって、とろけるほどやわらかくなった豚足を部厚く覆っている。前菜はこれでいこう。見かけより味だ。ジェニファのジョーンズことメリンダならわかってくれる。

美人で知的な女というのは、まともなアプローチでは、驚きもしないのにきまっている。フランス料理店で冷たいじゃがいものスープや、ウズラのマスカット煮など出たって、感激もしないだろう。美女に豚足。ことによってヒョンなことが起きるとすれば、これしかないではないか。

ヨロン島ではみじめにも完敗に終わったハスの葉料理だが、今回は成功させるつもりだ。時間がないので、ハスの葉は拡《ひろ》げて、バスタブに張った微温湯《ぬるまゆ》の中でもどすことにする。

米は洗い、二、三時間ばかり水に浸して、たっぷりと水分を吸わせておく。具は乾燥の貝柱。これも水でもどし、手で裂いておく。あとは干し椎茸《しいたけ》と、干しえび。三種の神器とも言うべき、美味の三大乾物だ。

午後四時、材料を全て水切りし生姜《しょうが》味の薄焼き卵と中華腸詰めをばらしたものを合わせ、ゴマ油少量でざっと炒《いた》める。その間、先行して蒸しておいた米に具を全部混ぜ、ハスの葉にていねいに包みこむ。あとは蒸し器に入れて、ひたすら蒸すだけだ。蒸し器は、レストランの調理場へ行き、袖《そで》の下をはずんで借用して来たもの。

サラダの材料を洗い、水気を切り、ボウルに入れて冷蔵庫で冷やしておく。

六時半、キッチンでは蒸し器が盛んに蒸気を上げている。窓の外では、今にも夕焼けが始まろうとしている。有名なクタの夕陽《ゆうひ》だ。

俊介はテーブルをセットしておいて、大急ぎでシャワーを浴び、白いコットンのスラックスに、麻のサマーセーターを地肌に着込み、クリスチャン・ディオールのオソヴァージュをアフターシェイブにすりこんだ。

コテージの前庭から、ハイビスカスの花を失敬して来て、箸置《はしおき》にした。テーブルクロスは、町を歩いている時みつけたバティックの布地を使用した。コテージに配してある太い生竹とバティック模様のクッションを使った素晴らしい家具との調和もぴったりだ。全てにぬかりなし。奈々子、俺もなんとか立ち直れそうだよ。たあいのない話だけど。しかし人生ってのは、このたあいのない話の連続みたいなものだしね。彼はメリンダに逢《あ》うべく、バーへと向かった。

今宵《こよい》メリンダは、白いドレスをまとった褐色の雌豹《めひょう》を俊介に思わせた。優雅な野性とでも呼ぶべきか。わずかに緑色がかった瞳《ひとみ》が神秘的な輝きを放っている。

「クタのどのレストランより、ここは素敵よ」と彼女はキャンドルの灯《とも》された俊介苦心のテーブルを眺めた時に言った。

「この部屋の家具、いいだろう？　西洋と東洋が程良くミックスしていて——。ボクの東伊豆の別荘にぴったりなんだが、キミ、もしかして、このソファー、どこで買えるか知ってる？」

「ええ知ってるわ」

とメリンダは謎《なぞ》めいて微笑した。ランバンのメタルが俊介の鼻孔をくすぐり、彼を幸福にする。

「実はワタシがデザインして売ってる家具なの。お気に召してうれしいわ」

素敵な女というものは、決してただ男に依存して生きてはいないのだ。これまで、ただ一人の例外もなくそうだった。

そしてそういう女たちが食べ物に対しても偏見を持たない例にもれず、メリンダも健康な食欲と好奇心を示して、俊介手製の豚足の煮こごりに、かぶりつくのだった。

それは不思議にも感動に満ちた光景だった。

メリンダは、どんなことをしてもその美しさは損なわれることはないという種類の女だった。たとえ豚足の脂で唇や下顎《したあご》をギラギラさせていようともだ。つい、ベッドの中における美しくも淫《みだ》らな姿態を想像して、俊介は体の芯《しん》が熱くなるのを感じた。

食事は官能的であるべきだ、という彼の自論が、ここクタの寛《くつろ》いだコテージの中で、ようやく証明されようとしていた。

「あなたのその眼《め》――」

と、メリンダが手指の脂汚れをナプキンで拭《ふ》きながら言った。

「ワタシが物を食べているのをじっと見る時のあなたの眼は、女の体のある特別なところを眺める男の眼を私に連想させるわ」

「失礼」

と俊介は慌ててメリンダから目を逸《そ》らせた。彼女が言ったことがあまりにも真実を突いていたので、内心驚くと同時、少しうろたえもした。

「いいのよ。別に悪い気はしてないもの」

メリンダがニヤリと笑った。

ハスの葉を拡げると、猛烈な湯気とともに香ばしい匂いが立ち昇る。三時間も蒸したので、米がもち米のように、つややかに出来上がっている。メリンダは器用に箸を使って、それを口に運ぶ。

「メリンダ、キミのことを話してくれないか」

「ワタシのなにを?」

「何もかも」

「今、ここで?」

「時間はたっぷり、朝まであるよ」

「ワタシは七時間睡眠をとる必要があるの。それに工房は朝の八時に開けることになっている。従って、ここにいられるのは十時まで」

「それでもまだ二時間はある」

内心大いに失望しながらも、俊介はめげずに言った。「二時間あれば色々なことが出来るよ」

「たとえば?」

「町に出て、バーで一杯ひっかけて、きみを送って帰ることができる。あるいは、クタの海岸を端から端までジョギングで三往復し、汗を流すためにシャワーを浴びても、クィック・ワンくらいやれるかもしれない」

「ジョギングしたい気分なの?」

メリンダはクィック・ワンは無視してニヤリと笑う。

「お望みとあれば二時間たっぷり使って、けっこう濃厚なセックスが出来るよ」

「ワタシのことを知りたいと言ったわね」今度もメリンダは俊介の言葉を無視した。「ワタシの父はここバリの男で絵《え》描《か》きだったの。ママはフランス人。二人ともワタシが十代の頃に死んでしまったわ。売れない絵を残しただけで。食べるために、男と寝て来た。最初の結婚は不特定多数の男たちと寝るのが辛くなったから一人にしぼるためでしかなかったわ。でもおかげで時間が出来たので、デザインの勉強を始めたのよ。どうやら自分でお金を稼げるようになったので最初の夫と別れたの。家具に興味を持ちだした頃、スポンサーがついて、あっという間に名の知れた家具工房を持ったわ。そのスポンサーが二度目の夫。結婚して二年で彼が死んだ。七十二歳だったの。悪い人生ではなかったわね。たくさんの遺産も残してくれた。そして現在に至るという次第。これまで寝た男の数知れず。その中にはエイズの男もいたかもしれない」淡々として何の感情も混じってなかった。

「最後の一言は、ボクへの牽制《けんせい》？」

「単に事実を言ったまでよ」

「憶測だろう？」

「それだって証明できないことよ」

そこでメリンダは婉然《えんぜん》とほほえむ。「今は仕事が私の恋人。男に対しては誠実でいつづけることができなかったけど、仕事を裏切ることはないと思うわ」

「正直な女性だな」

「ところで」

とメリンダは顎の下で両手を組み合わせる。

「十時までの二時間をどう使うか、もう考えたの？」

「ボクはともかく、キミはどうしたい？」

「決断力に乏しいのね」

「単にキミの意思を尊重したのに過ぎない」

「じゃ言うわ。ワタシがしたいのはベッドのこと」メリンダはじっと俊介の瞳の奥をのぞきこみ、そして笑った。「一瞬ギョッとしたわね、アナタ。エイズの一言がかなり功を奏したみたい」

断じてそんなことはないのだ、と俊介は言いたかった。が、声をだすと、変に掠れるような気がした。

「今のは冗談よ。アナタに敬意を表してベッドの件は取り下げるわ」

メリンダの手が伸びて、俊介の手の甲をそっと叩《たた》いた。「町に出ましょうよ。行きつけのバーがあるの。面白い人たちが夜毎《よごと》に集まるところよ。ディナーのお礼に、今度はワタシがアナタを招待する」

ナプキンを置いて、彼女は潔く立ち上がる。

「ディナーは本当に素晴らしかったわ」

と彼女は俊介に両手を差し伸べた。「もしかして、本職のシェフなの？」

「とんでもない。奇跡に助けられたのにすぎないよ」

「それにしてはたいしたものよ」

「誰のためにに料理をするかによるんだ」

メリンダの片手がドアのノブにかかる。それを押し止《とど》めて、俊介は彼女を抱き寄せる。彼の腕の中で、いい匂いがたち昇り、彼女の肉体がわずかに緊張するのが感じられる。

彼は心をこめて、メリンダの唇に接吻する。俊介が口を離した後も長いこと、彼女は眼を閉じたままじっとしている。やがて、瞬《まばた》きと共に両眼が開き、緑色の輝く瞳が覗《のぞ》いた。

その瞳が柔らかく溶け、悪戯《いたずら》っぽい笑いが滲みだす。「大丈夫よ、ダーリン。今のキスの仕方ではエイズはうつらないわ」

俊介は彼女の頭を胸の中に抱えこんで、髪が乱れる程揺すりたてる。メリンダが声をたてて笑う。彼も又笑い声を上げている。

二人は二匹のじゃれあう動物のように、ドアのところでふざけ、やがて急に黙りこむ。欲望が満潮のように彼の中で高まる。彼女もまたそうなのがわかる。

「用意《アー・ユー・レディ》はいい？」

何かを振っ切るようにメリンダが言う。

「イエス。アイム　レディ」

一語ずつ、咬《か》みしめるように俊介が答え、彼女を先に通すためにドアを引く。

そして二人は手を取りあったまま、濃密な南国の夜気の中に歩み出る。頭上には南十字星。

苦戦善戦の巻

〈本日のメニュー〉

前菜＝キャビアのパスタ

主菜＝ポモドーロのパスタ

後菜＝かぼちゃのニョッキ

ワイン＝フェラーリ

（イタリアの極上スパークリング・ワイン）

〈本日のデザート〉

伊東なおみ（画学生）

「わたし、伊東《いとう》なおみと言います。初めまして」

と、電話の声ははきはきと響いた。

「初めまして」

と大西俊介は機嫌良く答え、若々しい声の感じから、女をイメージしようと試みた。

「突然なんですけど、お逢《あ》いできますか？」

確かに突然だ。しかし嬉《うれ》しい突然でもある。と同時に不安な突然でもある。その原因は電話の主のわずかに押しつけがましい感じ。まるで、自分にはその権利があるとでも言わんばかりの感じが、微《かす》かに伝わってくる。

「ところで、きみ、幾つ？」

「年、関係あるんですか？」

「未成年とデイトするつもりはないんでね」

「未はいりません」

相手は少し気を悪くして答えた。

「失礼」

「もしかして、わたしのこと、若い頃《ころ》の過ちの落とし子かもしれないなんて考えてるんなら、安心して下さい。認知してなんて、言いませんから」

俊介、そこまでは考えていなかった。が、そう言われてみて、なぜか深く安堵《あんど》した。

「つまり、ブラインド・デイトというわけだね？」

と、彼は楽し気に言った。

不意にもらった贈りものみたいな約束《デイト》がひとつ成立して、受話器を置いたとたん、間をおかずにまた電話が鳴った。バリ島で一週間遊んだ休み明けだ。忙しいのは覚悟の上である。

「企画制作部の大西ですが」

彼はいつになくはりきって、そう言った。

「沢田《さわだ》と言います」

と落ちついた初老の声が名乗り、ある有名なコンピューター会社の名をさりげなくつけ加えた。

俊介は胸騒ぎを覚えた。

「一度、僕に逢いに来ませんか」

非常に好意的な言い方だったので、逢いに来いという命令調はほとんど感じられなかった。

「と、おっしゃいますと？」

俊介は用心して訊《き》いた。

「あなたはコンピューターに興味があるらしいと、聞いたんでね」

「確かに、コンピューターのある種の実験に興味があります。ところで、そのことを沢田、会長は誰《だれ》からお聞きになったのでしょうか」

ＭＣＲの沢田といえば、ワンマンで有名な沢田 章蔵《しょうぞう》会長をおいては考えられない。

「ある女性、とだけ言っておこう」

と相手は少し含みのある感じで答えた。

「いずれにしろ僕は、それがたとえどんなに仕事のできる人間であれ、女性に頼まれてビジネスを進めるのは本意じゃない。女に頼まれたから、あなたに逢うというふうにはしたくないし、あなたも女のスカートの陰から顔を覗《のぞ》かせたりするのはやめて、直接僕にぶつかって来ませんか」

その言い方はないのではないか、と俊介は胃の底に冷たい怒りを感じて黙り込んだ。

「その女性というのは誰ですか」

「気を悪くされましたな？」

と相手が微笑する気配が伝わった。

「しかし、それを訊いてどうするのです？　その女性に、余計なお節介をするなと啖呵《たんか》を切れますかね。さあ、どうします？　僕に逢いに来ますか」

　まるで、切り札を握っているような言い方だった。

「そちらはどうなんですか。沢田会長はボクのある種のコンピューター実験企画に、興味がおありなんですか。それとも単に嫌味をおっしゃるために――」と言いかけて、さすがに俊介も口をつぐんだ。自制するのに両手をきつく握りしめなければならなかった。

「その両方です。サグラダ・ファミリアを巨大な石の楽器と考え、その完成の暁にそれが創りだすミュージックに非常に興味があります。あえてミュージックと言いましたが、それをコンピューターでシミュレートしようというあなたの計画――正確にはバルセロナの今井田勲氏の夢は、僕自身の夢を刺激します。ということをあなたに言いたかったのと同時に、お気づきの通り、あなたに嫌味もひとつ言いたかったのですよ。すでにわかっておられると思うが、その女性というのは三枝和子です。女性としても、仕事人としても僕が最も好感をもち、かつ尊敬する女性です。

　本音を言いますとね、彼女に何か頼まれたら絶対に嫌だとは言えんのです。もっともめったに人に何かを頼むような女じゃないですがね。僕はこれまで二十年以上彼女とビジネス上の付き合いをしていますが、ただの一度も私情を混じえた頼み事などされたことはありませんよ。その彼女が是非あなたに逢って話を聞いてやってくれと言ったんです。僕は腹が立ちましたよ、正直に言って。多少は嫉妬《しっと》もあるかもしれない。つまりね、彼女はこのことで僕に借りをつくることになるんですよ。あのプライドの塊みたいな三枝和子が僕に頭を下げたんです。自分の一身上のことでもないのに。そのことを、きみはどう考える？」

いきなり強い語尾で、どう考えると突きつけられて、俊介は狼狽《ろうばい》した。

「ボクは別に、三枝和子に頭を下げてくれと頼んだ覚えはありませんね」

自分でも卑劣な言い訳だと感じたが後の祭りだった。

「きみは何を言ってるんだ⁉」

といきなり電話の声が数倍大きくなった。俊介は思わず受話器を耳から遠ざけた。「僕が話したことの真意を考えようともせず、そんな軽薄な反応しか示せないような男のために、彼女が僕に頭を下げたのか？」しばらく呼吸を整え冷静になって沢田章蔵が続けた。「ま、いいだろう。僕としては、きみがどんな男であろうと関係はない。しかし彼女の望みはかなえてあげようと思う。僕の秘書とアポイントをとって、改めて訪ねて来なさい」

「ちょっと待って下さい、沢田会長」

俊介は額に冷たい汗が浮かぶのを感じた。「三枝和子に対して、たった今口走った言葉を訂正します。それからあなたに対して失礼だったことも、心からおわびします。その上で、お伺いしますが、ボクに逢って下さるというのは、三枝和子に頼まれたからという、それだけの理由でしょうか？」

「それはもうさっき言ったよ」

と会長は静かな口調で答えた。

「僕としてはね、きみがなぜ、きちんとした筋道で、うちの企画部にその話を持ち込まなかったかってことを言いたいね。女を介して直訴するのではなくね」

「お言葉を返すようですが、すでにコンピューター関係の大手の会社には、企画を持ち込みました。しかし、ご存じのように、この種のパトロネージというかメセナの精神は理解してもらうのはむずかしく、ボクの企画は結局、いくつかの関門を通っただけで終わり、上層部のところまでは昇っていかなかったようです」

「ひとつ訊くが、きみが企画を持ち込んだ会社の中に、うちも入っているのかね？」

「いいえ」と俊介は声をひそめた。

「なぜ、来なかったのかな？」

「多分、結果は同じだろうと考えたからです」

「そう考えるのは君の自由だがね、ひとつ言っておく。うちの会社では、真に良い企画なら、途中で握りつぶしたりはせんよ。必ず僕のところまで昇ってくる。少なくとも、これだけは言えるよ、僕の部下は物事の判断をするのに、非常に慎重だと」

大西俊介は打ちのめされたような思いで、じっと相手の声に耳を傾けた。

「わかりました。改めて企画書を持って伺います。今すぐに沢田会長がボクに逢って下さる必要はありません。ボクの企画書があなたのお眼《め》に触れ、読んで頂いて『いい』ということになったら、改めて逢いに来いと言ってくれませんか」

「僕の部下の方が、もしかしたら僕より厳しい判断をするかもしれんよ」

心なしか温かい声で沢田章蔵が言った。

「充分に厳しい判断に耐える企画だと思っています」

「では、僕の部下を信じるのだな」

「というより、ボク自身の企画を信じていますから」

「では三枝和子に電話をしておこう。そして彼女のお節介はどうやら肘鉄《ひじてつ》を食ったらしい、と伝えておくよ」

最初の頃よりずっと柔らかい声でそう言うと、会長からの電話が切れた。俊介は噴き出した汗を拭《ぬぐ》おうともせず、長いことうつむいて自分の手をみつめていた。

＊

「誰から僕のことを訊いたの?」

と伊東なおみの知的に輝く瞳《ひとみ》をみつめて、大西俊介は開口一番に訊いた。

「まさか三枝和子じゃないだろうね?」

「そんなひと、知らないわ」

となおみが答えた。

「それよりも、いつも初対面の女を自分の家に連れこむの？」

「きみはどうなの？　初対面の男の家に平気で入るのかい？」

「時と場合によるわ。それに私、嗅覚《きゅうかく》が発達しているの。よからぬことをたくらんでいるとすぐに嗅《か》ぎ当てることができるのよ」

「というと僕は人畜無害？　あまりあてにならない嗅覚だな」

「ついでに言うけど私、空手の段持ってるの」

「言っといてくれてありがとう」

なおみの知的で、どこかからかうような瞳の色は、誰かに似ているような気がしたが、誰なのかは思い出せない。

「それより、一体きみ、どこでそんなにコンガリ焼いたの？」

コンガリ狐色《きつねいろ》。いかにも美味《おい》しそうな焼け具合。

「あなたほどではないけどね」

となおみは、俊介の手からイタリア産の極上スパークリング・ワインの入った冷たいグラスを受けとった。

「僕のはバリ島仕込み」

気楽にキッチンに立って行き、彼はパスタの準備にとりかかる。

「何か手伝う?」

ラウンジの方からなおみが訊く。

「邪魔になるからいいよ。それより何か音楽かけてくれる?」

「音楽なら、わたしテープ持ってんだけど、レゲエでいい?」

いいも悪いも言わないうちに、ボブ・マーリーの息子がゲェゲェゲェと唄《うた》い始めた。すごいボリューム。

「ねえ、なおみ、ボリューム少し落とした方がいいよ。パトカーがやって来ないうちに」

「なあに? 訊こえない」

「ボリューム!」

「よく聞こえないって!」

「聞こえなかったらボリュームしぼれ、このバカタレ‼」

前菜は、冷たいスパゲティーでいく。塩味をきかせてアルデンテにゆでたものを急速に冷やし、ベルーガのキャビアで贅沢《ぜいたく》に和《あ》える。広尾の〝ヴィノッキオ〟では、これに自家製のカラスミの薄切りを散らしてなんとも言えぬ美味の一皿に仕立ててあったが、あいにくカラスミが手元にはない。というわけであくまでもシンプルに、ただし、キャビアはタップリと。

作りたてを食するのが最高のご馳走《ちそう》だ。皿に盛りつけて俊介はテーブルに直行する。

キャビアの塩味がわずかに甘味のある〝フェラーリ〟とぴったりだ。

ボブ・マーリーの息子がゲェゲェ唄っているのはとうていターブルムジクといえるようなボリュームではない。テーブルの向こう側から、ゲェゲェ言うのに重ねてなおみが何か言った。

「なに？　全然聞こえないよ！」

と俊介が怒鳴った。

また何か叫んだ。

俊介はついに立って行ってボリュームを落とした。

「悪いけど、怒鳴り合いながら食事をする趣味はないんだ」

「おいしいって言ったのよ」

ケロリとして、なおみが答えた。「意外ではありますけど」

「意外とは心外」

シャレのつもりもあったが、なおみには通じなかったみたい。

「失敗は成功の母ってわけね」

「失敗って？」

「海水でスパゲティーゆでたって有名な話の張本人でしょ、あなた」

俊介はびっくりして思わずスパゲティーを喉《のど》にひっかけそうになった。

「どうして君が知ってるの？」

「島中の噂《うわさ》よ」

「島ってどこの島？」

「ヨロン島」

「じゃきみ、ヨロン島から来たの？」

「そんなところね」

「わかったぞ」

俊介はハタと両膝《りょうひざ》を叩《たた》いた。

「廻燿子のノラ娘のひとりだな、きみは」

「当たり。でもノラ娘ってのは当たらない。あっちがノラ・ママなのよ。すぐ行方不明になるし朝帰りはするし」

「苗字《みょうじ》が違うんで、わからなかった」

眼の色が誰かに似ているとは思ったのだが。確かに、なおみの瞳の中には、母親の面影がある。人の不意を突くいたずら心や、意地悪や茶目っけが。

「廻っていうのは、ペンネーム」

「当然、知ってるべきだった。で、きみは何しにいきなり僕を訪ねて来たんだい。ママのボーイフレンドのチェックに来たの？」

「言葉は正確に使わなくちゃ。ボーイフレンドってのはセックスの関係のある恋人のことを言うのよ。あなたたちの場合、ただのフレンド」

「とママがきみに言ったわけ？」

「言わない。ママはどっちかっていうと、何でもないフレンドでも、ボーイフレンドに見せたがるタイプ。でもわたしの眼は騙《だま》せない」

「で、ボクをチェックに来たんじゃないとすると、この訪問の理由は？　もしかして、きみ、うんと年上の男が好きだとか？」

「うん。ポール・ニューマンなんて大好き。結婚したっていいと思っているの」

「自信をもっていいのかな」

「だめよ。あなたは全然ポール・ニューマンに似てないもの」

「ますますミステリアスだな。ママのフレンドのチェックでもないし、きみ好みでもないとすると、何しに来たのさ」

「これよ」

　となおみは、黒いリュックサックの中に手を突っこんで、たたんだ紙切れを取り出した。拡《ひろ》げてみると、へんてこりんな絵が描《か》いてある。奇妙な曲線の家の絵で、窓なんかカボチャやナスの形をしている。屋根はどうやらワラぶきのつもりらしい。

「わかった。廻燿子がヨロンに建てるつもりの象牙の塔のスケッチだな」

「見ればわかるとママは言ってたわ」

「確かに」

「それ、早くバルセロナの彫刻家のところへ送った方がいいわよ。さもないと、ママ、ノイローゼになって休筆してしまうから」

「ママをノイローゼにするのはノラ娘のきみたちときみたちのゲェゲェ鳴らせるレゲエのせいだろうが」

「それだけとも言えないみたい。ママって、ひとたび計画すると、頭の中はそのことで一杯になっちゃって、他《ほか》のことに手がつかなくなるのよ」

「わかった。今井田さんにＦＡＸで送っておくよ」

と言って、俊介は主菜のポモドーロ風味のスパゲティーをゆでるために、台所へ立って行った。今井田勲さん、いまやあなたのために僕はさまざまな目にあっています。今日は特に痛い目にあったけど、実に勉強になりました。

「何をブツブツ言ってるの？」

となおみの明るい声が飛んで来た。

幻のパーティー

〈本日のメニュー〉

一応イタリア料理の
集大成ということにして……

〈本日のデザート〉

不特定多数あるいはよりどりみどり
何しろパーティーなので

かねてより懸案の「小さなメセナを募るパーティー」という仮題の集まりの計画は、言い出しっぺとなったミエと景子という、大西俊介の青春時代を華やかに彩った女たちの実戦的手助けを得て、今や着々と進んでいた。場所はミエの経営するイタリア料理店ときまった。

簡単な趣旨を記した招待状も発送し終わり、あとは出欠の返事待ち。今や俊介としては、やるべきことは全てやり、あとは、パーティー当日自ら腕によりをかけるべく、メニューの調整と材料の手配などの段取りをし、当日のメニュー通りのものを実際に何度か作ってみて万全をきすのみとなった。

パーティーを一週間後にひかえた週末、彼はめずらしく海へも山へも湖へも出かけず、つまりパパ・ヘミングウェイごっこはお休みで、自宅のキッチンにこもりイタリア料理の予行練習中だった。

ルルルルと軽やかに電話のベルが鳴ったので、刻みかけのタマネギで涙眼《なみだめ》となった俊介は「もしもし」とこれまた涙声で電話に出た。

「わたしよ、ミエ」

「オオ、マイダーリン、調子はどう？」

「あなたこそどうしたの？　風邪でもひいたの？」

「タマネギにやられたんだよ。そっちは？」

「もっと深刻よ」

「タマネギより？」

「ふざけている場合じゃないわよ。パーティーの出席、かんばしくないのよ」

「かんばしくないって、欠席が多いの？」

「というより無回答、返事なし、反応なし」

「みんな忙しいからな」

　と、俊介は招待客の顔をいくつか思い浮かべながら言った。

「こっちから念のために確認の電話を入れたらどうだい」

「そんなこと、あなたに言われる前に景子と手分けしてとっくにやったわよ」

「なかなか有能な秘書たちだ」

「何が秘書たちだよ、いい気なものだわ」

　とミエが冷たく言った。

「どうしたんだい？　何をそうプリプリしているの」

「だってね、あのひとたちったら、ケンもホロロなのよ」

「ケンもホロロ？　あのひとたちって？」

「あなたが二重の赤丸してた、あなたの言うところの大西俊介親衛隊の女史たちのことよ。あなたから受けた印象では、女史たちはみんなあなたに惚《ほ》れていて右向けと言えば右向くし、左向けと言えば左向きそうな感じだったけど、とおんでもない。『オオニシ・シュンスケ？　一体それ誰《だれ》でございます？　そんな名の殿方は全然知りませんわ』ときたわよ」

「一体誰に電話したんだい？　土井たか子じゃないだろうね」

「三枝和子女史よ、そう言ったのは」

「何かのまちがいだよ。わかった、僕が直接やってみる。他《ほか》には誰にした？」

「作家の廻燿子、画家の安達乃里子、カメラマンの海野潮子、シンガー・ソングライターの川中真美」

「わかった、わかった」

「全員が、似たり寄ったりの実に冷たい反応だったわ」

「信じられんね。ミエ、きみ、妙なこと言ったんじゃないの？」

「妙なことって？」

「つまり、女ってのはヤキモチ焼きだからね」

「私はあなたの代理として、ビジネスライクに話したのよ、冗談じゃないわ」

とミエもついにお冠。彼女をなだめたり、すかしたりして、とにかくいったん電話を切った。

もはやタマネギのみじん切りにかかわりあってもいられない。事態が奇妙だ。俊介は三枝和子の電話番号を回した。話し中。彼女が話し中となると三十分はお話し中だ。かわりにヨロン島の廻燿子に電話を入れる。〇九九七—九七の……。

「やあ」と愛想良く俊介が言う。

「ご機嫌はいかがかな？」

「執筆中」

あまりといえばあまりにそっけない反応。

「ということは、あまり良くないと……。では、少し後でかけ直そうか？」

「今でも後でも私のご機嫌に大差はないわよ。何なの？」

「そう突っけんどんに言うことないでしょうが」

「執筆中なのよ。忙しいの。お邪魔虫なの」

「では要件のみ手短に。例のパーティーだけど、ほら、招待状送ったでしょう。それが来週の金曜日の夜に迫ってるんだ。飛行機の手配はしてある？」

「もちろんしてないわ」

「してない？　もちろん？　し、しかし、パーティーへは来てくれるんだろう？」

「飛行機の切符なしで、飛行機には乗れないわね」

このにべもない口ぶりはどうしたことなのか。

「で、でも、招待状は読んでくれたんだろう？」

「読んだわ、ゴミ箱直行ものだったけど」

「ど、どうして？」

　何かが廻燿子のゲキリンに触れたのだ。

「景子とミエってあれなんなの？　大西俊介を励ます会って、何なのよ？　あんた一体何を励ましてもらいたいのよ？」

「そ、それは、趣旨に書いてあるはずだけど」

「サグラダ・ファミリアの何とか言う人の夢をかなえてあげましょうっていう奴《やつ》？　それはそれでいいわ。問題はあんたよ」

「ぼ、ぼく？」

「そう、あんた。一体幾つになったら大人の男になるの？　なんでそんなに大事なことをミエとか景子とかいうバーの女の後ろだてでやるの？」

「会社あてに返事をもらうわけにはいかないし、僕だってそのことだけにかかずりあってもいられないからだよ。彼女たちがボランティアで連絡係を買って出てくれているんだ。言っとくけど、バーの女じゃないからね」

「そこなのよ、俊介サン。そのことだけにかかずりあっていられないような、そんなちっぽけな問題に、なんでわざわざヨロン島から私を引っぱり出すのよ」

「そうは言ってない」

「いえ、言ったわ、あんた」

「しかし、僕の心にとっては、何よりも大事なことなんだ。バルセロナの今井田勲のことは、今や命の次に大切なことなんだ。前に何度もそう話したじゃないか。きみだって理解を示し、大いに力づけてくれたじゃないか」

「そんなに大事なことだったら、心の中で大事に思うだけでなく、行動で示しなさいよ、行動で」

「だからパーティーやるんでしょ」

俊介も負けずに怒鳴り返した。

「ミエと景子って子が発起人となった励ます会のパーティーのこと？」

「もしかして妬《や》いてるの⁉」

「切るわよ、電話。バカなこと言うんじゃないの。あんたのしてること、代議士の資金集めのパーティーと同じよ、○○君を励ます会ってのは」

「じゃどうすればいいんだい？」

「女の子たちなんてあてにしないで、自分で体ごとぶつかっていきなさいよ。そしたら受けとめてあげるから⁉」

それだけ一方的に言うと、ガチャリと電話が切れた。猛然と腹を立てた俊介は、折りかえし、三枝和子のダイヤルを回した。

「和子？　ぼくだ、大西俊介。ちょっと聞いてくれよ。廻の奴……」

「そのような名の男は以前知っておりましたが、現在はつきあっておりません」

「和子、ふざけている場合じゃない」

「ふざけてるのは、おたく。わたくしは大真面目《おおまじめ》」

「パーティーの件だけど、来てくれるんだろうね？」

「何のパーティー？　ああ大西俊介代議士を励ます会の？」

「廻燿子と口裏を合わせたな？」

「知りません、そんなこと」

「きみだってバルセロナへわざわざ出かけていき、今井田勲に逢《あ》ったはずじゃないか。たいそう感激した口ぶりだったじゃないか」

「そう確かに今井田さんは、すばらしい人よ」

「その彼のためのパーティーなんだよ。来てくれよ」

「その話は、ちょっと違うんじゃないの？」

「どう違うっていうんだ？」

「ところでアナタ」と和子は急に声音を変えた。「女のお節介は受けないと言ったそうね」

ＭＣＲの沢田章蔵だ。あの会長が電話して言いつけたのだ。

「それには長い説明が必要なんだ」

「いいえ、説明は沢田会長がしてくれたわ。会長だいぶアナタのこと見直したみたいよ。女のお節介は受けない。結構じゃないの。私それ聞いて、ああついに俊介も男になったと、思わず叫んでしまったものね。それが何なの。舌の根の乾かぬ内に、女のお節介にどっぷりお世話になっちゃって。一体アナタ本気でやる気あるの？」

「本気だよ。現に今だって山中湖にも行かず、イタリア料理の総ざらいをしていたところなんだ」

「それよ、それ！　それがアナタなのよ。肝心なところは大いに手を抜くくせに、楽しいところだけはコリにコル」

「僕が何を手抜きしたって？」

かっとして俊介が喚《わめ》いた。

「来週に大事なパーティーをひかえて、料理のおさらいをしているってことが、そもそも手抜きなの！」

和子も喚いた。「そんなことしてる場合じゃないでしょ。電話でだめなら自ら押しかけて行って、説得して回らなければ、誰がアナタのパーティーになんて顔を出しますか。紙切れ一枚で、人が集まるほど、アナタは有名人でもないし権力もない。一体何を考えているのよ。しっかりしなさい」

これまたガチャン。俊介唖然《あぜん》と受話器をみつめた。そうか、そういうことなら片っ端から電話をかけて説得してやろうではないか。和子の言うことにも一理はある。

「もしもし、乃里子？」

「そういう声は大西俊介。今どこから？　女のスカートの中から電話してるの？」

「真面目なんだ。パーティーに出席してもらいたいんだ。電話でだめなら、君のアトリエへまで行ってもいい」

「もちろん電話で結構よ」

「来てくれるね」

「あの招待状には腹が立ったけど、あなたの日頃《ひごろ》の気持はわかっているわ」

「ありがとう」

思わず涙ぐみそうになった。廻燿子や三枝和子は鬼だ。赤鬼と青鬼だ。それに比べれば乃里子の優しいこと、女らしいこと。「もうひとつ頼みがあるんだよ乃里子。ついでに誰か連れて来てくれないか」

「誰かって？」

「できたら、僕らの趣旨に賛同して、小さなメセナになってくれそうな人。オピニオン・リーダー的な……。知り合い多いだろう？」

すると急に相手は押し黙った。

「乃里子？」

「知り合いは多いけど……。あなた何か違うんじゃないの？」

ブルータスよ、おまえもか。俊介は生唾《なまつば》を飲みこんだ。

「わかったよ。乃里子。それ以上言わなくてもいい。オピニオン・リーダーは僕が体当たりして自分で集める。だから、きみだけ来てくれればいい」

「最初からそう言えばいいのよ」

「そう言えるようになるまで紆余《うよ》曲折があったんだ。学習は痛い思いをして身につくってわけさ」

それにしてもスパルタ式だ。

電話を置いたとたん、ルルルルが始まった。出ると国際電話だ。

「バルセロナの今井田です」

ほとんど地球の反対側からとは思えぬ、身近な声。「お元気ですか」

「雌バチにあちこち刺されて、ロイヤルゼリーがきいたせいか、急にエネルギーが満ち溢《あふ》れて来たところですよ。今井田さん、僕の〝小さなメセナ〟の呼びかけ読んでくれた？僕、やりますからね。体当たりでどんどんやりまくりますからね」

「そのことなんだけどネ、俊介さん。あなたの気持は痛いほどわかるし、深く感謝もしています。しかし、〝小さなメセナ〟というのは気が重いんですよ。あなたは僕に、月々、これこれしかじかのお金を集めたら僕に何ができるか報告しろと言う。あなたの立ち場とすればもっともなことです。誰だって自分の金の使い道は知りたいわけですからね」

今井田勲は、静かに淡々と続ける。「はっきり言ってネ、僕はもし、毎月三十万円なら三十万円の善意のお金が頂けるのなら、その使用目的は訊《き》かんでもらいたいのです。傲慢《ごうまん》でしょう？　しかし、メセナとは本来、そういうものじゃないですか。具体的に言いましょう。確かに毎月の支援は欲しいです。喉《のど》から手がでるくらいだ。だが、その金で僕はまず第一に、石職人たちを保険に入れてやりたい。ケガをしたら次の日から何の保障もない状態で、彼らは働いているんですよ。サグラダ・ファミリアの模型を造るとか、ガウディの資料を整理するとかいう以前に、職人を保護してやりたいんです。しかし、そんなことを言ったら、あなたの仲間は誰もメセナになどなってはくれんでしょう。もう一度言います。僕にとって何よりも切実に差し迫っている問題は、一緒に働いている仲間のことなのです。あなたが用意して下さろうというお金は、あなたやあなたの仲間の人たちが期待する大義名分や、僕らの夢に、一足飛びには結びつかんのですよ。そしてそれが現状です」

なるほど、と呟《つぶや》いたきり、俊介は胸を押さえた。バルセロナの石職人の健康障害保険のために、金を集めることは、果たしてできるだろうか。いやそういうことではないのだ。今井田勲に、そのようなことを言わせてはいけなかったのだ。メディチ家だって、グエル氏だって、アーティストに金の使い方をあれこれ指図しなかったはずだ。どうやら僕はアプローチをひどく誤《まちが》えたようだ。

「僕がどれだけ感謝しているか、ということはわかってくれますね」と今井田。

「少し考えさせて下さい」

「バルセロナのがんこな石屋共のために、あまり苦労せんように」

「いやむしろ、僕が苦労が足りなかったと、思っている」

「それより、夏休みにバルセロナへぶらりと遊びに来ませんか」

「ウナギの稚魚は、季節外れでしょうね」

「冷凍がありますよ」

「あるの？」

たとえ冷凍であろうと、ウナギの稚魚が喰《く》えるということなら、気持が動く。

「ウナギの稚魚を食べにいらっしゃい」

力強くそう言うと、今井田勲からの電話が切れた。

＊

パーティーは延期だ。その連絡を俊介はミエや景子に頼らず、自ら片っぱしに電話をかけて説明した。その際、今井田勲からの電話の内容も詳しく伝えた。

「というわけで、ふり出しに戻ったよ」

と言うと、廻燿子がこう答えた。

「でも0《ゼロ》からってわけじゃないわ。また仕切り直せば、今度は一気にいけるかもよ」

三枝和子はこう言った。

「今井田勲もあっぱれだったけど、今回のアナタも立派だったわよ」

「軽佻浮薄《けいちょうふはく》なだけさ。女のスカートの裾《すそ》を握りしめて指しゃぶってるガキなのさ」

「自分の欠点を認めるのは辛《つら》いものよ。でも、アナタは認めた」

「そうやってきみたちが母親ぶるのも、今日限り止《や》めて欲しいな」

電話を切ると、俊介は愛車ポルシェに飛び乗った。目的などなかった。この暑いのにオープンにして走った。滝のように汗が流れ出た。

デザートずくめ

〈本日のメニュー〉

チーズケーキ

バナナ・クリーム・パイ

ティラミス

カラメル・アイスクリーム

チョコレート・ムース

フルーツ・コンポート，etc., etc

〈本日のデザート〉

三枝和子、廻燿子、山口奈々子、

安達乃里子、川中真美、

ティナ・張、小沢純子、藤木景子、

高橋ミエ、etc.

暑さの峠は越えたとはいうものの、これから厳しい残暑の日々に突入する。

大西俊介は、ようやく書き終えた企画書から顔を上げ、オフィスの窓から空をみ上げた。色の褪《あ》せたような青空に、黄色味を帯びた雲が張りついている。夏の空は真蒼《まつさお》でなければならぬ。そして雲は純白な入道雲であるべきだ。バリ島はクタの空のように。あるいは南西諸島の小島、ヨロンの空のように。

バルセロナは今どんな空の色をしているのだろうか。それにしても、小さなメセナの申し出を断って来た今井田勲は、どんな思いで石を彫っているのだろう。そのことから俊介が得た教訓は色々あったが、三度白紙に戻して、あらたなアプローチを試みるつもりでいる。世の中には、善意の思いでしたことが、人の自尊心や心を傷つけるということがあるのだ。そのことを身をもって体験したことは、この夏最大の収穫と思うことにしよう。

俊介はもう一度、企画書に視線を落とした。ある夕刊の連載予定の小説を、テレビ紙芝居と称して放映する企画だ。その日の夕刊に載ったストーリーを、その日の夜、五分の帯番組で、毎晩流そうという試みである。で、紙芝居。

ルルルルと、ダイヤル・インの電話が鳴る。二つ目で取る。

「ＭＣＲの沢田ですが」

と相手が名乗る。コンピューター会社の会長、沢田章蔵だ。

「そろそろお電話を頂ける頃《ころ》だと思っていました」

自信過剰にならないように、俊介は慎重に答えた。

「ふむ。もう少しきみをじらしてやっても良かったのだがね」

「正直に言って、入試の発表を待つ受験生の心境でしたよ、沢田会長」

電話をじきじきにくれたということ自体、良い兆候なのではないだろうか。

「ところで、きみの企画書は無事我が社のいくつかの関門を通り抜けて、きみ自身の実力で僕のところまで上がってきたよ。まずそのことを報告しておこう」

俊介は受話器を握りしめ、安堵《あんど》と期待の息をもらした。

「会長のご感想を聞かせて下さい」

「ま、そうあせらんで」

と沢田章蔵が低い笑い声をもらした。「その件できみに電話をしているんだ。改めて、僕に逢《あ》いに来ませんか」

「ということは、前向きに受け止めてよろしいのですね？」

やはり気持が逸《はや》る。俊介は落ち着けと、自分の額を指でトントンと突いた。

「基本的には興味を持ちました。しかし、いくつか問題もあり、そこをつめないことには

おきたいのですが」

「最大の問題点は何でしょうか。あらかじめうかがっておいて、僕なりに解決策を講じて
何も約束はできない」

「うちのメリットだよ」

と沢田会長は静かに、ズバリ核心を突いた。「無償の行為というのは、時代感覚とずれるからね。仮に僕のところで、サグラダ・ファミリアの完成時に於《お》ける巨大な石の楽器が奏でる音を、コンピューターで創りだすとして、そのことを我が社のパブリシティーに利用しない手は、ないと思うんだがね」

「当然、利用して頂いていいと思います。ただ、あくまでも今井田勲個人と、彼の創作活動を傷つけないという条件で」

「そのあたりがネックになりそうだな」

「ボクもそう思います」

「きみにとって一番大事なことは、何なのだね？　コンピューターで音を創りだすことではないのか」

「ボクにとって何よりも大事なことは、今井田勲の心を守ることです」

少しの間、沈黙があった。

「もしも、きみの意に反して、計画が進んだとしたらどうする？」

「全力を挙げて闘うだけです。ボクは今井田勲の思いを大切にして頂く、という条件でのみ、この企画をあなたにおまかせしようと思うんです」

再び沈黙。

「わかった。いずれにしろ僕はきみに逢いたい。来週早々にでも訪ねて来ませんか」

「月曜日の十時というのではいかがです？」

「十時——。いいよ。では、その時に」

穏やかな余韻を残して、電話が切れた。

その日一日は忙しく過ぎた。午後はクライアントを二件訪ね、制作会社で会議を三つこなした。ふと一息つくとすでに日はとっぷりと暮れており、カレンダーを見るまでもなく金曜日。今から電話して夕食を共にしてくれそうな女たちの顔を思い浮かべた。しかし、すでに約束を取りつけるのには、遅いかもしれない。が、やってみなければわからないではないか。

逢いたい順というよりは、手帳の上から順にダイヤルを回していくことにした。三枝和子、応答なし。廻燿子はヨロン島だからまず不可能だ。で、パス。画家の乃里子は留守電が入っている。——せっかくお電話を頂きましたが、あいにく私留守にしております。お名前、ご要件を——。俊介は次に行く。ミュージシャンの川中真美のオフィスはすでにクローズド。写真家の海野潮子の電話はＦＡＸに切りかえてある。ということはいないということだ。

熱き青春時代のマドンナ景子の自宅に電話を入れると、ティーン・エイジャーと覚しき男の子が出て、無愛想に「母はいません。どこに行ったかわかりません。帰りの時間は知りません」とまるで暗誦《あんしょう》しているかのようにスラスラ答えた。もしや、景子の奴《やつ》、毎日毎晩出歩いているのではあるまいか。

同じ時代に属する元婚約者のミエはというと、やはり外出中だという。電話に出たのは、現在離婚係争中のイタリア人の夫。「ワタシ、ワカリマセン。アナタ、ダレ?」

「客の一人です。予約をお願いしようと思って」と答えてしまった手前、月曜の夜七時に二人分の予約を入れるはめになって、電話を切った。その夜の相手を誰《だれ》にするかはまた別の問題だ。ややこしい。結局、上から下まで、リストに載っている女たちはもののみごとにアウト。そろいもそろってどこをうろついているのだ。不良女共め、と腹を立てかけて、俊介、自制した。こうなったら残るはただ一人。金曜の夜だろうといつだろうと、電話をすれば必ず家にいる人間が一人だけいる。

そいつと酒でも飲みながらこれまでのことと、午後にもらったMCR沢田会長からの電話について、しみじみと語りあいたい。沢田氏からの連絡は、この一年近くかけて俊介が苦労してきたサグラダ・ファミリア計画における唯一の朗報の兆しなのである。

が、悪友の宮脇三四郎、呼べども電話に応《こた》えない。万策尽き、すっかり意気消沈した大西俊介は、フラリとバーに立ち寄り一人酒を飲む気にもなれず、一路寂しき我が家へと帰路についたのである。

今夜は久しぶりに、シャワーではなく熱い風呂《ふろ》にゆっくりとつかり、寝酒にウォッカをきゅっとやり早く眠ってしまおう。明日は土曜日だ。山中湖へ、愛馬デックに逢いに行こう。愛馬は彼を裏切りはしない。夜な夜なふらつきもしない。いつだって牧場で待っている。

自宅の鍵《かぎ》をあけ、家に入る。真っ暗だ。確か玄関ホールの電気はつけて出たはずなのだ。暗い家に帰っていくのが嫌なので、出がけにそうするのが長年の習慣なのだ。きっと考えごとでもしていて、忘れたのだろう。

パチンとスイッチを入れ、ホール右手のガレージを覗《のぞ》き、三台の愛車と、オートバイに向かって只今《ただいま》と呟《つぶや》く。むろん彼らは答えない。

生活空間は二階と三階だ。コンクリートの打ちっぱなしの階段を、昇っていく。

居間も暗い。道路をへだてて向かいにある電柱の電気が、窓から斜めに射《さ》しこんでいる。静かだ。とても。じっと息を殺しているような重い沈黙。

スイッチをはね上げる。とたんに、顔顔顔顔。たいして広くもない室内に十数人の顔が、いっせいにぱっと花開いたのだ。俊介、危うく腰を抜かしそうになった。

どの顔も満面の笑みを浮かべている。三枝和子がいる。乃里子がいる。ヨロン島で執筆中のはずの廻燿子までいる。ミュージシャンの真美が、ひときわ大きな口を開いて笑っている。なんとステュワーデスのティナ・張がいる。

多才な女医の純子もニンマリ微笑している。景子とミエが、ニコニコしている。そして、奈々子の顔までそろっている。失恋の傷が疼《うず》く。

「奈々子、まだ日本にいたのか」

「出発は明日なのよ」

「まさか、きみまでが……」

「でも私がいたから、みなさん家の中に入れたのよ」

そう言いながら奈々子は合鍵を、そっと俊介の掌《てのひら》に滑らせて返した。「改めてお返しするわ」

俊介は無言でそれを受け取った。ちっぽけな鍵が、こんなに重く感じられた夜はない。

その時キッチンで物音が。シャンパンボトルを手にした三四郎までが顔を覗かせたではないか。

「おまえもいるのか」

「不満そうだが、俺だってそうさ。お前が帰って来なければ、ハレムは独り占めだったのにな」

「それにしても一体、この騒ぎはどういう訳なんだい？」

「サプライズ・パーティーよ」

と三枝和子が横から言った。

「なるほど、なるほど。きみが考えそうなことだ」

「考えたのは廻燿子よ」

「更に納得。なにしろ人魂《ひとだま》を網でつかまえようとした奇想天外な女だものね、彼女」

「お言葉ですが」

と、日焼けした胸元を大胆に見せつつ、廻燿子が口をはさむ。

「その奇想天外な発想に乗りまくってたのは、誰だった？」

「僕だけど……」

三四郎がシャンパンのコルクを抜く。次々にグラスに注いで回る。

「サプライズ・パーティーはわかったけど。目的は？」

「もちろん、あなたをびっくりさせてあげるためよ」絵描《えか》きの乃里子が瞳《ひとみ》を輝かせる。それを合図に女たちがいっせいに、そこここに置いてある箱を取り上げる。

テーブルに大小十個の箱が所狭しと並べられ、ふたが取られる。ありとあらゆるケーキやパイやムースやフルーツが、飾りたてたパーティーの夜の女たちのように厚化粧の顔を露《あらわ》にする。

「いつもいつもおあずけだったから、今夜は思いきり、あなたにデザートを食べさせてあげようと思って」

ティナがチョコレート・ムースを一口切りとって、俊介の口に押しこむ。

「こ、これ、一遍に全部？」

眼《め》を白黒させて、俊介が口の中のムースを慌てて呑《の》みこむ。

「よりどりみどり。お好きなものからどうぞ」

自家製のティラミスを手に、ミエがニッコリと笑う。

「きみたちは知ってるはずだぞ。ボクは甘いものは苦手なんだぞ」

次第に気分が悪くなって来て俊介が叫ぶ。

「三四郎、おまえ、何とかしてくれよ」

「多少はお相伴にはあずかるけどな。今夜はおまえが正客だ」

「いつも、おまえはお相伴にあずかる口なんだよな」

と嫌味のひとつも言いたくなる。廻燿子が持参のバナナ・クリーム・パイを大きくひと切れ切り取って、無理矢理に俊介の口へ突っこんだ。三枝和子がその後でカラメル・アイスクリームをすくい取って待ちかまえている。

拷問だ。甘くも残酷な拷問。とにかく一口ずつ食べさせられて、ようやく解放された。胃から鼻の下までびっしりと甘いものが詰まってしまった感じ。一生分のデザートを一度に食べてしまった感じ。生クリームとバターと卵とチョコレート味のゲップがたて続けに出る。

　奈々子が濃いブラックコーヒーを入れて来てくれる。

「奈々子、ボクのことは心配するな。それよりきみの方こそ気をつけてくれ。アメリカ男は調子のいい金色の舌を持っている」

　はなむけの言葉としては、我ながらクールだと俊介は思った。

「あなたのことはちっとも心配していないわ。安心してここに集まったみなさんの胸にゆだねるわ」そう奈々子に言われて、つい女たちの胸元を眺めまわす俊介。その中でもひときわ頼りになれそうな豊かな胸は三枝和子。その和子がニヤリと笑って言う。

「その必要はないんじゃないかな。俊介はこのところどうやら、乳離れができたようよ」

「そうだ、和子。ＭＣＲの会長につないでくれた件で、お礼を言ってなかったね」

「私はお節介しただけ。本当につないだのは、あなた自身よ」

「月曜日に会長に逢うところまで、こぎつけたよ。きみのおかげだ」

「あなたの実力よ」

「きみの口添えがあったからだよ」

「麗わしき謙譲の美徳。あるいは罪のなすりあいかな」

　廻燿子が横槍《よこやり》を入れる。

「きみにもとても感謝しているんだ」と俊介は女流作家に向き直り「ボクに対して常に非

常に寛大に接してくれたことに対してね」

「自分でも寛大だったと思うわ」燿子が自信をもってうなずいた。

「ところで私のヨロン島の象牙《ぞうげ》の塔計画、ちゃんと進めてくれてるの？」

「もちろん。今井田勲にＦＡＸを打ったよ」

「で、感触は？」

「面白がっているよ。ただし彼は彫刻家であって建築家じゃないからね。そのあたりの整理がつけば、話は早いよ」

「何よ、その象牙の塔って？」

と乃里子が訊《き》く。

「私のヨロンの仕事場よ」

「だって、すでに別荘があるじゃないの」

「あれはノラ娘共に乗っ取られたの。で、隣にガウディ風の石の家を建てて、閉じこもろうってわけ」

「完成の暁には、私が壁画を描いてプレゼントするわ」と乃里子。多芸の産婦人科医、小沢純子が横から、

「私も、海のそばに別荘が欲しいと思ってたんだけど、燿子先生の近所にいい土地あるかしら？」

「あるわよ、あるある。一度、見に来ない？」

「行きます、行きます」

　ムードは和気あいあい。女同士も仲良くやれそうだ。なかなかいい風景。ふと三四郎と眼があう。

「何か言いたそうだな」

「おまえも幸せな奴だと思ってさ」

「羨《うらや》ましいか？」

「そうだな、しかし——」

「しかし、何だい？」

「俺には真似《まね》できんね。このすさまじくも魅力的なご婦人方を、まんべんなく、しかもマメにアテンドするなんて芸当は、逆立ちしたってできそうにないよ。従って、この先も俺はおまえの相伴にあずかることに徹することにした」

　と言って、三四郎は香港の真珠ティナ・張にウインクを送った。ティナが意味ありげなウインクを三四郎に返す。

　どうやら三四郎は、俊介が毎回よりどりみどりの豪勢なデザートを食べそこねているのに比べると、確実に、しかもしっかりと相伴にあずかっているらしい。

　その時、ピンポーンとドアのチャイム。どうやらまだ顔を見せていない女がいたらしい。

ほどなく顔をのぞかせたのは――。

「やや、お袋」

そのお袋たるや、年がいもなく日焼けして上機嫌。

「いつパリから戻ったのさ?」

「先週よ」

「実は僕も行ってたんだよ、パリ。連絡とろうにも居所も知らせないんだからな、お袋」

「それはお互いさま」

と言って手にした箱をテーブルにおく。「はいこれ。あんたの好きなアンコロモチ」

それははるか昔の話だ、お袋。

シャンパンとデザートの数々のパーティーがくりひろげられる。そして夜が更ける。三四郎の言葉ではないが、すさまじくも魅力的な女たち十人近くに取り囲まれてはいるが、大西俊介、なぜか寂しい。


〈俊介の独白《ひとりごと》〉

今井田勲のことに触れておかなければならない。彼とは、僕が企画したテレビ番組に出てもらうことによって、知りあった。海外で、自力で活躍している人々を取材して、その生活ぶりや人となりを紹介する三十分のドキュメンタリーである。

バルセロナのサグラダ・ファミリアに、面白い日本人の男が働いている、という情報。バルセロナ、サグラダ・ファミリア、ガウディの線は絵になる。僕は一も二もなくその話に乗った。

逢ってみると、彼は予想を上まわる素晴らしい男だった。男に惚《ほ》れられるタイプの男。しかしここで僕が彼の魅力や人柄、そして肝心のその仕事について、改めて書くのは、ヤボというものだ。この本の中で、本書の著者森瑤子《もりようこ》女史が、随所に、今井田勲についての文章を散りばめている。もちろん僕なんかよりはるかに魅力的な文章で。

そもそも僕が彼女の短編集に登場してくることになったのだって、実に奇妙でおかしな話なのだ。

僕と彼女は以前から知り合いで、仕事も多少は一緒にやったことのある仲。ある冬の日、僕は例によって衝動的に料理を作りたくなり、誰かに食べさせたいという欲求にかられた。

あちこち知り合いの女たちに電話をかけて誘ったが、スケジュールが合わないのか、僕の手料理の味を信用しないのか、真意の程はわからないがことごとく断られた際に、かの女流作家だけが「あら、いいわね」と誘いに応じてくれたのだ。

当日、一人で来るかと思ったら、男友だちなど堂々と同伴して彼女は現れた。その時披露した僕の料理は、一番最初の頁《ページ》を飾る〝カモン　ナ　マイ　ハウス〟のメニューであった。つまり牛の胃袋のピリ辛トマト煮。

最初は陽気でにぎやかだった彼女、すっかり料理を平らげると急に肩のあたりに一抹の憂いなど漂わせ、急に元気がなくなったのだ。

「どうしたの？　食べすぎてお腹《なか》でも痛くなった？」と僕は心配した。

「ちがうわよ。飽食の後、全《すべ》ての動物は淋《さび》しい——っていうあれよ」とさすが作家らしいお言葉。僕が感動していると、横から彼女の男友だちが言った。

「本当はネ、来週から始まる予定の週刊誌の連載のテーマがまだ見えてきていないので、それで落込んでいるのさ」

どんな内容を書きたいのか、と僕が念のために訊いてみた。訊いてどうするというわけでもない。単なるカンバセイション・ピースという奴だ。

「大体は出来ているのよ」と女流作家は答えた。「独身の男が主人公なの。その男は器用に料理を作るのネ。そして毎週色々な女にその手料理を食べさせて、口説くっていう算段。私のねらいは、料理の作り方のプロセスを手際よく書いて、毎週読んでくれる人たちが、それを作ってみたくなるような、そんな話なの」

「で、問題は？」と僕は訊いた。

「主人公の男が、具体的にイメージできないのよ」

「ふうん」と僕は腕を組んだ。その時だった。女流作家がじっと僕を見たのは。いつもとは違う鋭い眼光だ。作家の眼だ。

「な、な、なに？」と僕はうろたえた。

「具体的なイメージが眼の前にいるじゃないの！」と彼女が言った。

「そ、そう？」

「そう。あんたよ。何で今まで気がつかなかったんだろう。私のモデルになんなさい」

「ど、どうして僕が」

それできまり。一方的にきまり。その日以来、彼女の徹底的にして厳しい、僕の身辺取材が始まったのである。（取材されるというよりは追及だね。気がつくとプライバシーは侵害され、僕は自分が手袋のように裏返しにされたような気がしたものだ）

僕の趣味、人生観、生活、仕事、思いにわたって、すさまじいばかりの追及がくりかえされたのだ。な、なんなのだ、これは？　ほとんど呆然、茫然としているうちに、身ぐるみ剝《は》がされていた、というのが嘘《うそ》いつわらざる僕の実感だ。

彼女にうむを言わさず喋《しゃべ》らされた僕自身の最も大切な「思い」の中に、今井田勲の名が必然的に出て来たのだと思う。そして彼の存在が、彼女の好奇心を呼び起こした。

その瞬間が僕にはわかった。彼女の連載の軸ともなるべきテーマがその瞬間決定したのが。「メセナ」だ。メセナの精神、といってもいい。彼女が真に探し求めていたのは、素人料理の達人でもなく、面白おかしく女を口説くプレイボーイの話でもなかった。料理や、毎回のテーマを色どる女たちや、車や、釣りや馬などの小道具は、文字通り、単なる小道具であり、彼女のテーマの背景でしかなかった。

彼女が毎週書きまくっているものを読んで、僕にはそれがよくわかった。

もしかしたら、今井田勲そのひとのことだって、森瑤子という作家にとっては、彼女自身のテーマのための小道具であるかもしれないのだ。彼女の永遠のテーマである人と人との関係の痛ましいばかりの傷つきやすさとか繊細さを描くための。

全ては善意から出発したものなのにもかかわらず、それが相手を傷つけることがあり得るという意味で。自分を与えれば与えようとするほど、人の愛は結果として非常にエゴイスティックなものになってしまうという事実。

今井田勲という男の純粋な正義感が、こちらの善意を拒否し、結局そのことによって、両者とも傷ついてしまうというシーンに見られる彼女の哲学が、この一見ふざけたお遊びのような短編集の、心臓ともいえる部分なのだ。

僕はある意味で今回、彼女の共犯者であった。そして何よりもこの共有体験の中で胸を踊らせたのは、いかに作者が時代と現実とを、素早く小説世界に捉《とら》えてしまうか、という点である。

現実に起こりつつあることを現在進行形で書いているというのなら、まだ納得ができるのだ。しかし作家は、少なくとも僕の知っているこの作家は、自分の作品のために現実をねじまげるほどのことをやってのけるのだ。つまり、現実を先行させてしまい、僕らがそのすきまを埋めるべく、走り出さねばならぬのだ。時々僕は彼女を見て、こんな風に感じることがあった。彼女はすでに終わってしまった恋愛を小説化するのではなく、小説を書くためにあえて恋愛に飛びこむのではないかと――。

シリーズは終わった。とにかく疲れた。山中湖にしばらく閉じこもり、デックと共に静かに過したい。それが今の僕の嘘いつわりのない心境だ。

本書は、角川文庫『デザートはあなた』（一九九三年九月刊）を底本としました。

また、今日不適切とされる語句や表現については、作品の発表された時代背景を考慮し、そのままとしました。